国际大奖小说
但丁·格拉齐奥西文学奖

Mattia e il nonno
马提与祖父

[意]罗伯托·普密尼 / 著
[德]奎恩特·布赫兹 / 绘
张莉莉 张皓舒 / 译

天津出版传媒集团
新蕾出版社

图书在版编目 (CIP) 数据

马提与祖父 / (意) 罗伯托·普密尼著；(德) 奎恩特·布赫兹绘；张莉莉，张皓舒译. -- 天津：新蕾出版社，2019.10(2025.10 重印)
(国际大奖小说)
ISBN 978-7-5307-6735-1

Ⅰ.①马… Ⅱ.①罗… ②奎… ③张… ④张… Ⅲ.①儿童小说-中篇小说-意大利-现代 Ⅳ.①I546.84

中国版本图书馆 CIP 数据核字(2018)第 161426 号

MATTIA E IL NONNO by Roberto Piumini
© 1993, Edizioni EL S.r.l., Trieste Italy
Illustrations by Quint Buchholz
© 1994/2011 Carl Hanser Verlag GmbH&Co KG, München
Simplified Chinese translation copyright © 2019
by New Buds Publishing House(Tianjin) Limited Company
ALL RIGHTS RESERVED
津图登字：02-2015-107

书　　名	马提与祖父 MATI YU ZUFU
出版发行	天津出版传媒集团 新蕾出版社
	http://www.newbuds.com.cn
地　　址	天津市和平区西康路 35 号(300051)
出 版 人	马玉秀
电　　话	总编办 (022)23332422 发行部 (022)23332351　23332677
传　　真	(022)23332422
经　　销	全国新华书店
印　　刷	天津新华印务有限公司
开　　本	880mm×1230mm　1/32
字　　数	40 千字
印　　张	4
版　　次	2019 年 10 月第 1 版　2025 年 10 月第 15 次印刷
定　　价	25.00 元

著作权所有，请勿擅用本书制作各类出版物，违者必究。
如发现印、装质量问题，影响阅读，请与本社发行部联系调换。
地址：天津市和平区西康路 35 号
电话：(022)23332677　邮编：300051

- 前言 -

一辈子的书

梅子涵

亲近文学

一个希望优秀的人,是应该亲近文学的。亲近文学的方式当然就是阅读。阅读那些经典和杰作,在故事和语言间得到和世俗不一样的气息,优雅的心情和感觉在这同时也就滋生出来;还有很多的智慧和见解,是你在受教育的课堂上和别的书里难以如此生动和有趣地看见的。慢慢地,慢慢地,这阅读就使你有了格调,有了不平庸的眼睛。其实谁不知道,十有八九你是不可能成为一个文学家的,而是当了电脑工程师、建筑设计师……可是亲近文学怎么就是为了要成为文学家,成为一个写小说的人呢?文学是抚摸所有人的灵魂的,如果真有一种叫作"灵魂"的东西的话。文学是这样的一盏灯,只要你亲近过它,那么不管你是在怎样的境遇里,每天从事怎样的职业和怎样地操持,是设计房子还是打制家具,它都会无声无息地照亮你,使你可能为一个城市、一个家庭的房间又添置了经典,添置了可以供世代的人去欣赏和享受的美,而不是才过了几年,人们已经在说,哎哟,好难看哟!

谁会不想要这样的一盏灯呢?

阅读优秀

文学是很丰富的,各种各样。但是它又的确分成优秀和平庸。我们哪怕可以活上三百岁,有很充裕的时间,还是有理由只阅读优秀的,而拒绝平庸的。所以一代一代年长的人总是劝说年轻的人:"阅读经典!"这是他们的前人告诉他们的,他们也有了深切的体会,所以再来告诉他们的后代。

这是人类的生命关怀。

美国诗人惠特曼有一首诗:《有一个孩子向前走去》。诗里说:

有一个孩子每天向前走去,

他看见最初的东西,他就变成那东西,

那东西就变成了他的一部分……

如果是早开的紫丁香,那么它会变成这个孩子的一部分;如果是杂乱的野草,那么它也会变成这个孩子的一部分。

我们都想看见一个孩子一步步地走进经典里去,走进优秀。

优秀和经典的书,不是只有那些很久年代以前的才是,只是安徒生,只是托尔斯泰,只是鲁迅;当代也有不少。只不过是我们不知道,所以没有告诉你;你的父母不知道,所以没有告诉你;你的老师可能也不知道,所以也没有告诉你。我们都已经看见了这种"不知道"所造成的阅读的稀少了。我们很焦急,所以我们总是非常热心地对你们说,它们在哪里,是什么书名,在哪儿可以买到。我就好想为你们开一张大书单,可以供你们去寻找、得到。像英国作家斯蒂文生写的那个李利一样,每天快要天黑的时候,他就拿着提灯和梯子走过来,在每一家的门口,把街灯点亮。我们也想当一个点灯的人,让你们在光亮中可以看见,看见那一本本被奇特地写出来的书,夜晚梦见里面的故事,白天的时候也必然想起和流连。一个孩子一天天地向前走去,长大了,很有知识,很有技能,还善良和有诗意,语言斯文……

同样是长大,那会多么不一样!

自己的书

优秀的文学书,也有不同。有很多是写给成年人的,也有专门写给孩子和青少年的。专门为孩子和青少年写文学书,不是从古就有的,而是历史不长。可是已经写出来的足以称得上琳琅和灿烂了。它可以算作是这二三百年来我们的文学里最值得炫耀的事情之一,几乎任何一本统计世纪文学成就的大书里都不会忘记写上这一笔,而且写上一个个具体的灿烂书名。

它们是我们自己的书。合乎年纪,合乎趣味,快活地笑或是严肃地思考,都是立在敬重我们生命的角度,不假冒天真,也不故意深刻。

它们是长大的人一生忘记不了的书,长大以后,他们才知道,原来这样的书,这些书里的故事和美妙,在长大之后读的文学书里再难遇见,可是因为他们读过了,所以没有遗憾。他们会这样劝说:"读一读吧,要不会遗憾的。"

我们不要像安徒生写的那棵小枞树,老急着长大,老以为自己已经长大,不理睬照射它的那么温暖的太阳光和充分的新鲜空气,连飞翔过去的小鸟,和早晨与晚间飘过去的红云也一点儿都不感兴趣,老想着我长大了,我长大了。

"请你跟我们一道享受你的生活吧!"太阳光说。

"请你在自由中享受你新鲜的青春吧!"空气说。

"请你尽情地阅读属于你的年龄的文学书吧!"梅子涵说。

现在的这些"国际大奖小说"就是这样的书。

它们真是非常好,读完了,放进你自己的书架,你永远也不会抽离的。

很多年后,你当父亲、母亲了,你会对儿子、女儿说:"读一读它们,我的孩子!"

你还会当爷爷、奶奶、外公和外婆,你会对孙辈们说:"读一读它们吧,我都珍藏了一辈子了!"

一辈子的书。

目录

第一章	病床上的爷爷	001
第二章	跟爷爷去散步	003
第三章	静静的河流	007
第四章	初遇"小捣蛋"	010
第五章	和爷爷一起抓鱼	015
第六章	爷爷看上去有点儿怪	023
第七章	爷爷变小了	028
第八章	会划拳的爷爷	031
第九章	爷爷又变小了	035
第十章	告诉爷爷他变小了	040
第十一章	似近却远的桥	045
第十二章	穿越向日葵林	052
第十三章	半黑半白的"小捣蛋"	056

Contents/

第十四章	捕获"小捣蛋"	060
第十五章	马背上的爷爷又缩小了	066
第十六章	掌心的寻宝图	069
第十七章	踏上寻宝之路	072
第十八章	只有一枚金币的宝藏	077
第十九章	被海盗捉住了	082
第二十章	马提和爷爷被海盗关起来	086
第二十一章	在狱中吃爆米花	090
第二十二章	和爷爷从狱中逃走	093
第二十三章	爷爷变得和洋娃娃一样大	097
第二十四章	爷爷被马提吸进身体	100
第二十五章	爱的人永远活在我们心中	107

第一章　病床上的爷爷

爷爷躺在床上。他脸色惨白,看起来非常虚弱。爸爸、妈妈、两个叔叔、六个孩子及一些亲友围绕在床边,大家泪流满面。他们有的开始哭,有的才刚停,只有七岁的小孙子马提没掉眼泪。

亲友中有的人注视着双眼紧闭、呼吸缓慢、胸部几乎没有起伏的爷爷,也有的人呆望着他那骨瘦如柴、毫不动弹、像床单般惨白的双手。

有人盯着床沿垂下的红色穗子,有人闭起双眼,干脆把自己封锁在一片黑暗中。

马提则凝视着一只苍蝇，它正在爷爷上方的天花板上爬行，好像不知道该到哪里去。

它一会儿爬东，一会儿爬西，一会儿朝前，一会儿往后。也许它丢了什么小东西，正在寻找吧。

马提心想：对于苍蝇来说都太小的东西，对孩子来说应该就更小了。那么对大人们来说，岂不是小到极点了！

也许苍蝇正在找的这个小东西，已经从天花板上掉下来了，就像所有的东西都会从高处往下掉一样。但是苍蝇却是个例外，因为它的脚可以附着在墙上，这是爷爷告诉他的。

马提想，如果这个小东西从上面掉了下来，它应该正好落在爷爷的身上，或许那个小东西还会让爷爷发痒。马提忍不住想，如果他能知道爷爷哪里痒就好了，这样他就能帮爷爷挠一挠，因为爷爷看起来好像已经无法行动了。

第二章　跟爷爷去散步

正当马提胡思乱想的时候,爷爷居然转头看向了他,还叫了一声他的名字。

"马提。"

其他人却没有反应。他们好像根本没注意到爷爷开口说话了——或许是因为爷爷没有叫他们吧。

"怎么了,爷爷?"马提回答。他正抬头朝着苍蝇的方向看,听到爷爷的呼唤,他低下头来。

他本以为爷爷会告诉他哪里需要挠痒,没想到爷爷却说:"我们去散散步,好吗?"

马提望了一下四周。也许因为爷爷只邀请了他一个人去散步,所以爸爸、妈妈、叔叔们、姊妹们、兄弟们以及其他亲戚都没动,也都没说话。他们要么望着爷爷,要么注视着床单,要么干脆将自己封锁在泪眼后的黑暗中。这个情景实在有些诡异。

"你不是快要死了吗,爷爷?"马提问。

"谁说的?"爷爷反问,还举起一只手来挠了挠鼻尖。

"大家都这么说。"马提一边回答,一边用下巴点了点站在床边的其他亲友。

"他们开玩笑的。"爷爷说。

"真的?"

马提又望了亲友们一眼,他们仍保持着刚才的表情,站在那儿既不动,也不说话。

"可是他们看起来好严肃哟,爷爷。"他一边说一边忍不住笑了起来。

爷爷微笑着解释:"他们只是看起来比较严肃罢了。"

说着,爷爷从床上坐起身来:"那么,我们走吧。"

"去哪儿?"

马提与祖父
Mattia e il nonno

"去散步。随便走走,就像我们平常那样。"

"我要怎么对妈妈说呢?"

马提看了妈妈一眼,她双目紧闭,肩膀一起一伏的。

"如果我们小声点,就没有人会注意到了。"爷爷说着,双脚已经踩在地毯上了。

果真没有人注意到。

"我们要出去很久吗?"马提一边问,一边偷偷瞧了爸爸一眼。这时他正望着床单的穗子。

"我也不知道。"爷爷说,"就是随便走走,说不准要花多少时间。把毛衣带着吧,说不定会起风的。"

他站起来,牵住了马提的手。爷爷的手很瘦,却温暖干燥。除了妈妈的脸之外,这双手是马提最喜欢触摸的。

"那么我们就出发吧!"马提说,就好像出门散步这个点子是他提出来的。

当其他人还在盯着床看时,他们已经手牵着手,走向了房门口。

一个叔叔擤了下鼻子,发出一阵滑稽的声响。一个姐姐长叹了一口气。

马提回过头,又瞥了一眼天花板,他想看看那只苍蝇是不是还在找东西。可是苍蝇已经不在那里了。爷爷轻轻把门打开,好像不想惊扰到亲友们。

第三章　静静的河流

屋外既没有走廊，也没有楼梯或大门，更没有街道和城市。左边是一大片草坪，右边则有一条静静流淌着的河。

马提和爷爷正站在河流的左岸。

"这儿是左岸，对不对，爷爷？"马提问。

"为什么这么说？"爷爷反问。他没回头，只是抓紧了马提的手："你怎么知道？"

"爸爸告诉过我如何分辨左岸和右岸。"

"那么说给我听听。"

马提做了个深呼吸,然后说:"首先你得背朝着山站。"

爷爷回过头来,说:"可是我们身后没有山哪!"

"这只是个形象的说法,并不表示非看到山不可。"马提解释着,"它的意思是,你得背朝着水来的方向站,懂了吗?就像我们现在这样。"

"懂了。就像所有的河流一样,从我们身后流过来的河水也是从山上发源的。"

"没错。"马提点了点头,"没有河流是从海里发源的。"

"不错。然后呢?"爷爷追问道。

"当你背朝山站的时候——但不一定非得有山——就像我们现在这样,这么说应该很容易懂吧?"马提说,"你左手边的就是左岸,右手边的则是右岸。能明白吗?"

"明白,你解释得很清楚。"爷爷说。

"我们现在站在左岸,对面就是右岸。"为了保险起见,马提又补充了一句。

"懂了。"爷爷说,"所以我们正朝着大海的方向走,对吗?"

马提想了一会儿。"完全正确。"他说。

接下来是一阵心照不宣的沉默。

"那河知道吗？"爷爷问。

"知道什么？"

"河知不知道，这儿是它的左岸呢？"

马提笑了起来。

"这个我可不知道，也许它不在乎这些，我们来问问它吧！"

马提问河流，知不知道这边是它的左岸，那边是它的右岸。可是河流却没有回答，仍在静静地向前流淌着。

第四章　初遇"小捣蛋"

河的另一边,也就是他们所说的右岸,有匹马在那儿。

"你看!"爷爷说。

那是一匹白色的马,看起来又高又壮,它正在河边吃草,尾巴悠闲地、慢慢地左右甩着。

"你喜欢它吗?"爷爷问。他把另一只空着的手举到眼前,试着越过这一片银光闪闪的河水,去看清对岸。

"当然喜欢!"马提说,"可惜中间有河,过不去。"

马提用了一种独特的方式来看这匹马。他先闭上一只眼,把食指和拇指扣成一个圈,然后用另一只眼从圈里望出去,这样一来,白马就像是被他圈进了手里。接着,马提松开了和爷爷牵在一起的另一只手,他用两只手做了个"望远镜":马似乎又变大了。

"我们给它取个名字吧。"爷爷说,"也许等一下还会碰到它。"

他们起了好几个名字,但觉得没一个合适。

"白雪?"

"嗯……大尾巴?"

"帕加索斯?"

"爷爷,'帕加索斯'是什么意思?"

于是爷爷讲起了飞马帕加索斯①的故事。讲完后,马提夸赞道:"故事很好听,不过我想这个名字并不合适。"

他们又聊了一阵子,然后沉默下来,只是静静地注视着河水。

白马渐渐离开河岸,朝着上游的方向走去。它似乎察

---

①飞马帕加索斯,古希腊神话中缪斯女神的坐骑。

觉到了马提和爷爷的目光,时不时会抬起头来往他们这边看一下,然后继续吃草。

"你觉得'小捣蛋'这个名字怎么样?"马提问。

"不错。"爷爷说。

"那我们就叫它小捣蛋吧!"

他们继续朝海的方向走,马提不时转过头来看看马。

"可是如果它已经有了别的名字,我们就不能再叫它小捣蛋了!"马提突然说。

"名字是人替它取的。"爷爷说,"如果我们给它取了小捣蛋这个名字,对我们来说,它就叫小捣蛋。"

"这么说来,我们或多或少都算是它的主人。"马提说,"它也或多或少算是我们的了,对吗?"

"没错!"爷爷说。

马提高兴地停住了脚步。他转过身,把双手放在嘴边,对马叫着:"你叫小捣蛋!小捣蛋!等会儿见,小捣蛋!你听懂我的话了吗,小捣蛋?"

河对岸的马抬起白色的头,马尾往上甩了一下。

"太棒了!就是这样!小捣蛋!"马提边叫边在岸边跑

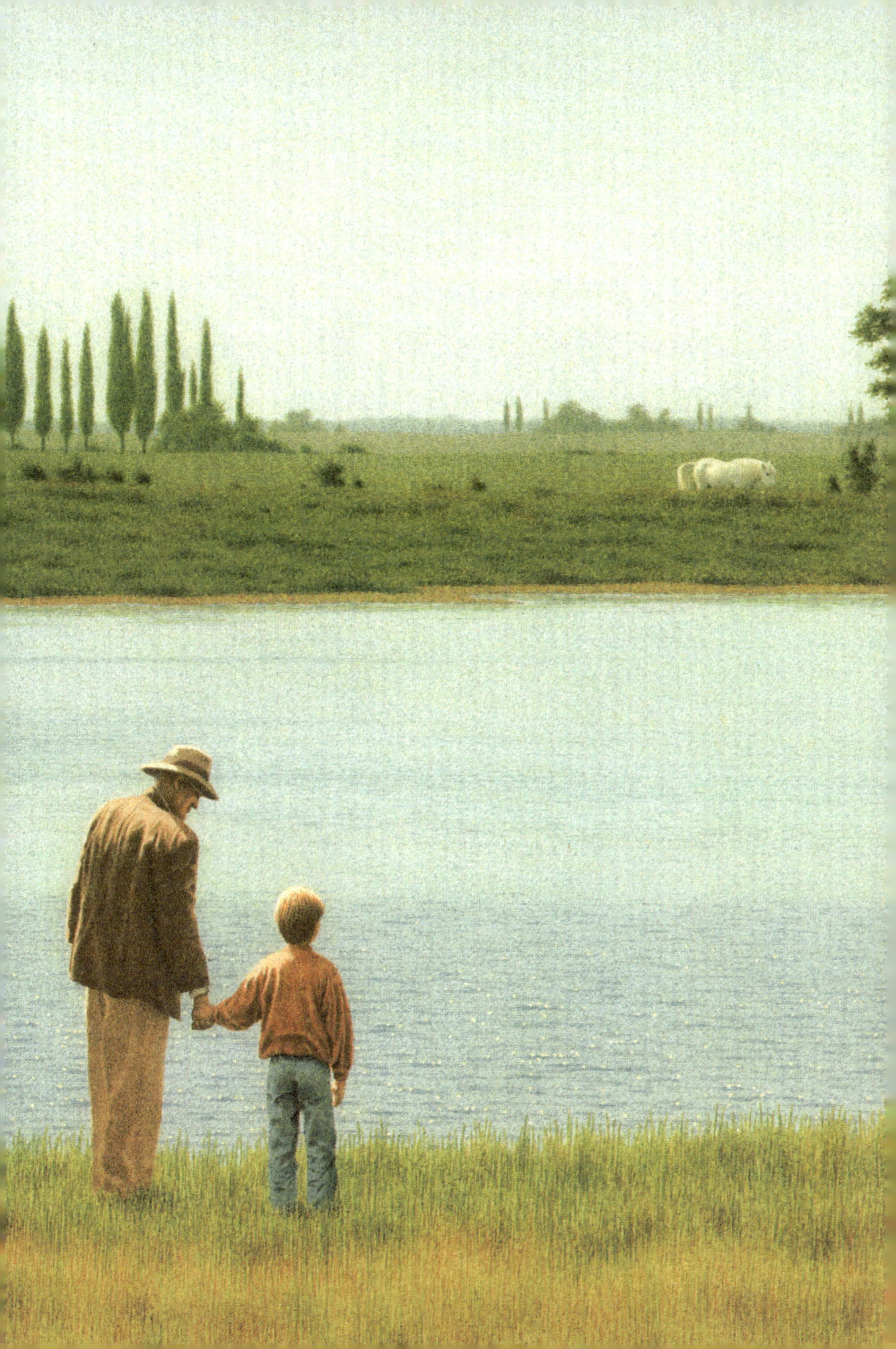

来跑去。

马又垂下头,继续吃起了草。

"它听到我说的话了,对不对?"跑回爷爷身边,马提这样问道。而爷爷早已伸出双手在迎接他了。

"我想是的。"爷爷说,"马的听力不错。"

第五章　和爷爷一起抓鱼

河流分出了一条两米宽的小溪，蜿蜒着流向左边绿油油的田野。溪流旁有条小路，他们就沿着这条路走。

溪水不深，水草被水流冲刷得弯了腰。水浅的地方，可以看见鱼儿们在水中快乐地游来游去。

"真想抓几条鱼！"马提说。他转身问爷爷："我可以在这里抓鱼吗？"

"你用什么去抓呢？"

"用手！"

"那得有点儿技术才行，你试试看吧！"

马提高兴得跳了起来,他蹲在岸边,静静地注视着碧绿的溪水。

爷爷坐在他身旁,注视着溪水,同样不作声。

突然,马提把一只手"扑通"一声伸进水里,溅起的水花弄湿了他的头发,但他没抓到鱼。马提又试了一次,却仍然一无所获。现在他改变策略,将双手静静放在水中,像水草一般。当鱼游近时,他才猛地一抓,但鱼却像绿色的影子一般,立刻就逃走了。

"我抓不到,爷爷。"

"再试一次呀。"

马提又试了几次,仍然没有成功,他觉得手好冷。

"我们来试试别的方法吧!"爷爷说。

爷爷把鞋袜脱掉,整齐地摆在小溪边,然后慢慢地、小心地踩进水里。

"你会全身湿透的,爷爷!"

"等一下就干了。"爷爷回答。他背朝着水流的方向,两腿分开站在水流中央。

"你要一起来吗?"他问马提,"阳光这么强,衣服很快就会晒干的。你不是想抓鱼吗?"

马提急忙解开鞋带,脱掉鞋袜。

"要不要把裤子也脱掉?"他问。

"不用。我们正需要用它来抓鱼。"爷爷说。

当马提踏进清凉的溪水时,他不禁打了个寒战。

"快到这里来,像我这样。"爷爷说着向右边移动了一点儿,给马提空出位置来。马提也两腿分开,学着爷爷的样子站好。

"然后呢,爷爷?"

"现在我们开始抓鱼。"

"就这样站着不动?"

"最好一动不动。我们只需要把口袋拉开,就像这样。"

爷爷用手指把裤子口袋向外拉开,马提也照着做了。他感觉溪水在不断轻抚着他的小腿、大腿和臀部。

"我被水搔得好痒!"马提嚷着。

"我也是。"爷爷说。然后两人都大笑起来。

突然,马提觉得左边裤子口袋里有东西在动。

"爷爷,我抓到一条了!"

"赶紧把袋口封起来!"

马提马上把袋口压紧,里面的东西动来动去,害得他比刚才更痒了。

"也有一条进了我的口袋!"爷爷说。

当马提用手摸着自己摆动着的、鼓起的裤袋时,不禁嚷嚷着:"好大的一条!"

"我这条也不小。"爷爷说。

"我能把鱼抓出来吗?"马提问。

"当然可以,但是得当心!用一只手封住袋口,再慢慢打开,把另一只手伸进去。要小心哪,否则鱼会跑掉的。"

爷爷和马提的下半身都浸在水里,他们小心地把手伸进各自的裤子口袋。

马提摸到了冷冷的、滑溜溜的东西,它还在抖动着。他有些畏缩,却还是继续摸了下去。他小心地抓住鱼,把它从口袋里掏了出来。鱼没有马提想的那么大,不过,颜色倒是挺漂亮的。

"爷爷,你看!"

"快把它浸在水里,不然它会死的。"这时,爷爷也从口袋中把他抓到的鱼掏了出来,他的那条比马提的还要小。

他们小心地把鱼放在水中。

"现在呢?"马提问。

"你想不想吃鱼?"爷爷问。

"吃它?"

"通常人们钓鱼就是为了吃呀!"爷爷说。

马提望着手中的鱼。鱼已经不怎么动弹了,就像是挣扎得很累了一样,只是时不时地在他的手里颤动几下。

"我不想吃鱼。"他说,"我不想吃它。"

他看着爷爷,突然有种奇怪的感觉,好像爷爷有什么地方不对劲。但是爷爷仍像平时一样,是他的爷爷呀!

"我也不吃我这条。"爷爷说,"我们没有工具,没办法煎鱼吃。"

"那我们把它们放走吧!"马提说。

"好主意!"爷爷说完,把手松开。一个影子闪过,溪底的水草摇晃了一下,鱼儿便消失得无影无踪。

马提也放走了他的鱼。他一张开手,鱼就恢复了活力。但它刚游出半米,就停了下来,好像不相信自己真的重获自由了。

"走吧!里贝洛①!"马提叫道,"我的这条鱼叫里贝

---

①"里贝洛"在意大利语中的意思是"自由的"。

洛!"

鱼顺着溪水,闪电般游走了。

"还想再继续抓鱼吗?"爷爷问。

"不了,我们已经抓得够多了。"马提回答。

他们湿淋淋地走出小溪,把裤子脱下来,放在阳光底下晒。

"你觉得抓鱼好玩儿吗?"爷爷问。

"好玩儿极了!"马提回答。

他望着小溪,想看看能不能再找到里贝洛,但它已经混在鱼群中分辨不出来了。

"如果要抓鲸鱼的话,口袋还得用特大号的才行!"马提若有所思地说,"就像马戏团里小丑穿的那种!"

爷爷没说话。他把一根草梗叼在嘴里,望着溪水出神。

马提望了爷爷一眼,又有了先前那种奇怪的感觉,但他仍然没有找到原因。

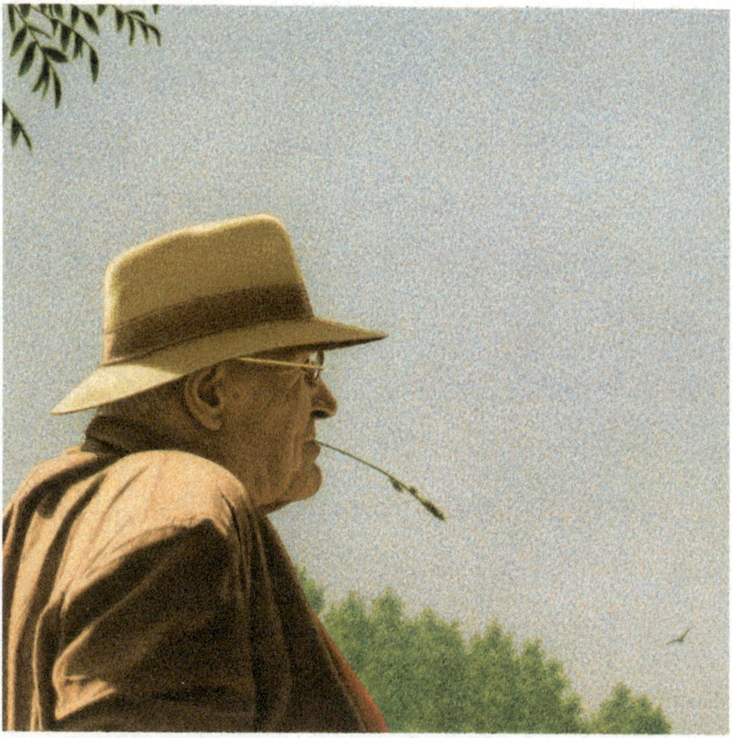

第六章　爷爷看上去有点儿怪

又往前走了一段路,他们来到了一个岔路口。左边的路笔直地沿着溪流而下,而如果选右边的路,则需要走过溪上的小桥。那条路虽然顺着河流主干的方向延伸,但是距离河岸却比较远。

"我们走哪条路,爷爷?"马提问。

"我不知道。"爷爷回答,"你来决定吧。"

马提看了一下两条路。笔直的那条,他比较喜欢;但有小桥的那条却可以一直沿着河走。

"两条我都喜欢,怎么办?"马提说,"我们掷铜币来决定,好吗?"

"好!"爷爷说着把手伸进口袋,拿出两个铜币来。

"我们掷哪一个?"

马提把铜币接过来,看了一下。两个铜币都很漂亮。一个一面有条船,另一面有麦穗。另一个一面有个轮子,反面是个大胡子的男人头像。

"我不知道该选哪一个。"马提说,"两个我都喜欢。"

"你更喜欢哪个?"爷爷问。

马提把两个铜币翻来覆去地欣赏了一番,终于选中了有船的那个。

"好。"爷爷说,"现在我们还得讲好,掷出麦穗或者船分别要走哪条路。"

"我想不出来,爷爷。"马提一边说一边用手指翻转着铜币。

"好好想一想,总能想出来的。"

马提聚精会神地想,还不时地看着铜币,然后他说:"这样好了。如果掷出有船的那面,就沿着左边的小路走,因为小路靠近溪水。如果掷出有麦穗的那面,就走那条会穿过田野的路。"

"好极了!"爷爷说,"掷吧!"

当马提正想把铜币抛起时,他突然停住了。

"我觉得不用再掷铜币了,爷爷。"他说。

"为什么?"

"因为我已经决定要走哪条路了。"

"哪一条呢?"

"有小桥的那条。"

"好的。"

"你想知道为什么吗?"

"你愿意告诉我吗?"

"愿意呀!"

"为什么你要选有小桥的那条呢?"

"因为沿溪流而下的那条路,到最后会离河越来越远。但是有小桥的那条,虽然会穿过田野,但还是靠近河的。你觉得呢?"

"没错。你不想离开河?"

"是的,爷爷。"

"好。"

"你想知道为什么吗?"

"你愿意告诉我吗?"

"愿意呀!"

"那是为什么呢?"

"因为河的另一边有小捣蛋哪!"

"可是它在另一边哪。"

"是的。不过河上总会有桥的,不是吗?"

"我也是这么想的。"爷爷说,"既然这里的小溪上都有小桥,那么在河的某个地方应该还会有座大桥。"

于是他们选择了要过桥的那条路,继续往前走。

马提把玩着两个铜币。每次,当他看向爷爷的时候,都会产生那种奇怪的感觉。

马提与祖父
Mattia e il nonno

第七章　爷爷变小了

几英里之外有一个村庄,从远处隐约可以看见屋舍和钟楼的轮廓。马提和爷爷选择的这条穿过田间的小路,正通向那里。

小路右边的河流又迂回靠近了过来,但是在河的对岸却看不到之前那匹白马的身影。

"爷爷,或许村里会有桥。"马提说。

"也许吧。"

忽然,马提站住了。他恍然大悟,知道了刚才那种奇怪的感觉从何而来:原来是爷爷的个子变小了。不过缩小得并不多,只有一点点。

"有什么地方不对劲吗,马提?"

马提想,还是别说出来的好,免得吓着爷爷。

"没什么,只是有个小石头跑进鞋子里了。"

"小时候我如果走累了,也会用鞋里有石头当借口。"

"我不累,爷爷。"

"那么你鞋里真的有小石头吗?快倒出来呀!"爷爷说着往小村子走去。

马提走在后面,仔细地看着爷爷。马提发现爷爷真的变矮了。以前他才刚到爷爷的腰部,可是现在自己却高出了许多。

马提本来有些担心,但是他看到爷爷步伐稳健,神采奕奕,就不那么担心了。

事实上,他并不介意爷爷稍微变小那么一点儿。因为这样一来,他和爷爷讲话时,就不必把头抬得很高了。另外,他还注意到,爷爷的衣服也跟着变小了。

这样最好,马提想。否则衣服松松垮垮的,爷爷一定会察觉的。

这时爷爷回过头来。"石头倒出来了吗？"他问。

"还没呢。"马提说。

"为什么不把它倒出来？"

"我刚才在想事情，现在马上倒。"

爷爷重新迈开了步子，没有再回头。虽然鞋里并没有石头，马提还是弯下了腰。他把鞋子脱了下来，倒转过来抖了抖。他觉得这样做的话，自己撒的谎就没有那么不可原谅了。

第八章　会划拳的爷爷

村子比从远处看起来要大,他们正巧走到了钟楼下方。

爷爷停下来,往高处看去。"在那上面能看到很棒的景色。"他说,"也许还可以看到哪里有桥。"

"要不要上去呢,爷爷?"马提问。他从来没上过钟楼。

"先看看情况再说吧。"爷爷回答。

他们渐渐走近钟楼。走得越近,越觉得它高耸入云。钟楼前放了张桌子,一个戴鸭舌帽的守卫坐在桌旁。

"可以上钟楼吗?"爷爷问。

"如果付钱的话,当然可以。"守卫说。

爷爷掏了下口袋:"我没钱了。马提,你有吗?"

马提记得自己还有两个铜币,但当他伸手去掏时,却怎么也找不着了。

"我的钱不见了!"他急得眼泪都快流下来了。

"我听说谁把身上的铜币弄丢了,就表示他在说谎。这么看来,刚才你说谎了!"爷爷说着,笑了起来。接着,他的目光转向了钟楼守卫:"你会划拳吗?"

"我是村里的第一名。"守卫回答。

"那我们来玩一局吧。"爷爷说,"如果我赢的话,你让我们免费进去。如果我输了,我就把我的领带给你,它可是真丝的呢。"

守卫看了看领带,又摸了摸自己敞开的领口。"好吧!"他一口答应了。

他们划起了拳。马提紧盯着看,却完全看不出个所以然,因为他们变换得实在太快:右手一会儿在空中飞舞,一会儿握成拳头放在桌上,口中还不时冲出几个稀奇古

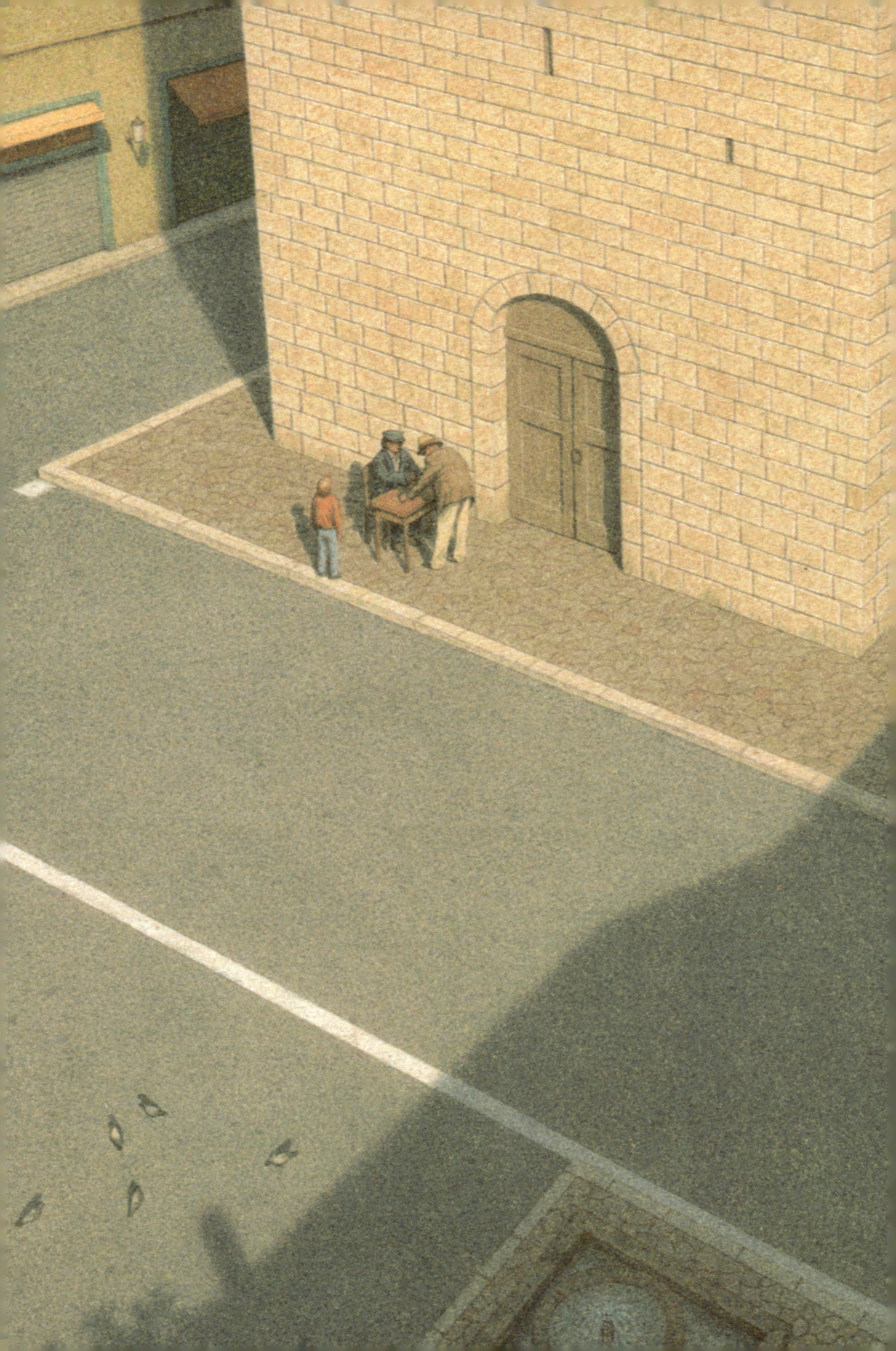

怪的词,吆喝声中夹杂着数字。而他们的左手则放在桌面上,计算着比分。

马提张口结舌地站在那儿。他从来没见过爷爷玩划拳的游戏,现在才知道爷爷是个中好手。马提发现,爷爷会不时抬头观察守卫的表情,但他的对手却一直紧盯着两人较量的双手。

一局总算结束。

"你很会玩。"守卫对爷爷赞许道,"你赢了。"

"没赢很多,只是侥幸。"

"好吧,你们就免费上去吧。"守卫边说边把大门打开。

钟楼里面又黑又凉,闻起来有股老房子的霉味。

爷爷转过身,朝马提伸出了手。钟楼里太暗了,几乎什么都看不见。"我们等会儿再走。"爷爷说,"得让眼睛先适应一下。"

第九章　爷爷又变小了

渐渐地,他们分辨出了一座楼梯,它是木头做的,陡直地通往上层。

"你走在前面。"爷爷说,"我在后面跟着。"

"你怕我掉下来,对不对?"马提停下来问,同时用一只手抓住了扶手。

"没错。"爷爷回答。

"但是如果爷爷你掉下去的话,怎么办?"

"你说得有道理。"爷爷回答,"那我们该怎么办呢?这里太窄了,没办法并排走。"

"这样好了。"马提建议,"你在前面走一段路,然后换我,咱们轮着来。走在后面的人得注意,脚要踩稳。"

他们开始往上爬,慢慢地,很小心,每到一段楼梯拐弯的地方,他们就交换前后的顺序。从钟楼里的射击口可以往外看,他们爬得越高,村里的屋顶就显得越矮。

爬到顶楼时,他们已经满脸通红、气喘吁吁了。好在清风徐来,不久之后,他们就觉得全身舒畅了。

他们站在顶楼向下望去,景色相当美:一条条窄窄的街道分布在一排排红色的屋顶间。在稍远一些的地方,有一个小小的广场,广场上搭着五颜六色的布篷,那里就是集市。而在村庄周围,则是一片黄绿相间的田野,田野间散布着蜿蜒的白色小路。河流在阳光下闪闪发亮,就像一条银白色的金属带子。河流的另一边,田野一望无际,一直延展到地平线尽头的小山丘。

"那里有匹马!"马提叫道,"可惜是黑色的,不是我们的小捣蛋!"

"我也看见了。"爷爷说,"再往前一点儿,左边有一座桥。"

马提与祖父
Mattia e il nonno

马提向前探了探身子。风吹乱了他的头发。

"这上面的风总是这么大吗？"他问。

"是的，经常如此。"爷爷说。

站在高处眺望的感觉实在太美妙了。马提还想在这里多待一会儿。

"我们去集市逛逛怎么样？"爷爷提议道。

"可是我们身上没钱哪!"马提说着,望着搭有五彩布篷的地方。

"这有什么关系?去了再说嘛!如果有什么喜欢的东西,把它拿过来就是了。"爷爷说。

马提跟着爷爷走下楼梯,眉头紧皱。爷爷的话是什么意思?难道要去集市上偷东西吗?马提可不想当小偷儿。

他觉得走在前面的爷爷似乎又缩小了一些。

"爷爷。"马提说。

"什么事?"

"刚才我的鞋子里没有石头。"

"我知道。"

"你怎么会知道?"

"因为你走起路来没有一瘸一拐的呀!"

"噢!我刚才是骗你的,我停下来,不是因为鞋子里有石头。"

"我也对你说了谎。"爷爷说。

"什么谎?"

"我对你说,谁把身上的铜币弄丢了,就表示他在说谎,那是骗你的。"

"但是钱真的丢了呀!也许在我脱鞋、假装倒小石头的时候,铜币便掉了出来。"

"谁知道呢。"爷爷说,"我们先下去吧。"

他们踩着木质的楼梯继续往下走。马提发现爷爷又变小了,当然他的衣服也变小了。

当他们走到最底层时,看见守卫正一个人玩着划拳的游戏。他把一只手高举过桌面,一会儿伸手,一会儿握拳,另一只手上的几根指头忙着计数,口中还不时地吆喝几句,其中夹杂着数字。

爷爷停下来望着他。

"你在和影子比赛吗?"

"是呀!"守卫回答,"如果我能比影子还快的话,就再也没有人能赢过我了。"

"如果我再经过这里,我们就再比一场吧!"爷爷说完,就往集市的方向走去。

喧嚣嘈杂的声音涌了过来。

第十章　告诉爷爷他变小了

出现在马提和爷爷眼前的集市热闹非凡：有卖布的、卖甜点的、卖水果蔬菜的、卖锅碗瓢盆的。店铺中陈列着各种工具、五金杂货、衣服、皮鞋、玩具……商品琳琅满目，应有尽有。大家都在说着话，挑选着商品。一些商贩大声吆喝，一些人则在购买东西。

"有什么你喜欢的吗？"爷爷问。

"可是我们没钱买呀！"

"这个你不用担心。有你喜欢的东西吗？"

马提有些犹豫。如果爷爷真打算偷东西的话，还是让他偷一些不怎么贵重的东西比较好。在附近不怎么贵重的东西中,马提看中了一根玉米。

"那个。"他说。

"你饿了?"爷爷问。

"不饿,我喜欢它的颜色和形状。"

"好的。"爷爷说着,走向了摊位。他解下领带,给商贩看了看。

"我用这个和你换一根玉米,可以吗?"他问。

商贩噘了下嘴,扬起一边的眉毛。"当然可以。"商贩说,"再送你一个漂亮的苹果。"商贩选了个大大的红苹果,递给了马提,同时用另一只手把玉米交给了爷爷。然后他接过领带,仔细叠好后,放到了装着钱的小箱子旁。

"看,这不是买到了吗?"爷爷边说边把玉米交给了马提。

马提跟在爷爷后面,一手拿着玉米,一手拿着苹果。他不知该做什么。他有玉米和苹果,可是肚子并不饿;有个爷爷,却在不断变小。马提觉得他现在已经有爷爷胸部那么高了。

"爷爷。"他鼓足了勇气。

"什么事,马提?"

"我有件事要对你说。"

"是必须说,还是你自己想说?"

"是我自己想说。"

"那就告诉我吧。"

马提却没有继续说下去。

"你不想说了?"

"想,我这就告诉你。"

"好的。"

"你正在变小。"马提好不容易才说出了这句话。

"你是说我变得越来越年轻了?"

"噢,不。我指的是厘米……是身高,你正在变成一个小个子爷爷。"

"是吗,那太好啦!我说我怎么总觉得自己越来越轻巧了呢。"爷爷说。

"你不会觉得难过吗?"

"不会呀。"

爷爷向马提弯下腰来,因为变矮了,他不用再像以前那样把腰弯得很低。他注视着马提的眼睛。

"我并不觉得难过,马提,"他说,"反而觉得挺好的,不觉得少了什么。我们接着走吧,你还有什么想要的吗?"

"没有了。我已经有玉米和苹果了。但是我现在还不饿,你饿了吗,爷爷?"

"不饿。留着玉米和苹果吧,说不定等会儿用得着它们呢。"

听着声音,闻着味道,看着五颜六色的商品,马提和爷爷在集市里又逛了一阵。接着,他们离开了村庄,朝着河边——他们曾经在钟楼上看见过的桥的方向走去。

在这个故事里,天空总是晴朗、明亮的。

第十一章　似近却远的桥

他们沿着河流沉默地走着。

马提一直想着爷爷变小的事,他时不时地打量着爷爷。接着,他又把目光投向了河流,他已经能看到不远处的桥,还有河对岸的田野了。马提四下张望,寻找着那匹白马,可是却没有看到它的身影。在河的另一边,有一大片黄绿相间的向日葵花田。

马提从没见过向日葵,他觉得十分好奇。他想问问爷爷那些向日葵究竟有多高,因为他觉得它们比自己,甚至比爷爷都要高。但他转而一想,这个话题可能太敏感了,谁知道爷爷对大小、高矮这些字眼有什么反应。何况桥就在附近,他很快就能自己去看看向日葵究竟有多高了。不过,因为从来没有见过那些花,马提在潜意识里并没有把它们称作"向日葵"。

桥看起来明明很近,可是马提和爷爷却怎么也走不到那里。

"爷爷,桥怎么还是那么远?"马提问。

"是呀。"

"为什么会这样?"

"可能是因为我们太想靠近它了。"

"什么意思?"

"当我们越渴望得到某件东西的时候,我们反而越得不到它。"爷爷说。

"但总有一天会得到吧?"

"是的,只是你永远不知道会在什么时候。"

马提望了桥一眼。在他眼角的余光里,隐约出现了之前的那匹白马,它就在向日葵花田的那边。由于被向日葵挡住了视线,他只能看到马儿高昂的头颅和不时甩动的尾巴。

那是小捣蛋。

"我们现在怎么办?"马提问。

桥看起来好像更远了,但是他们仍旧朝着桥的方向走着。

"要不要跑?"马提问。

"我觉得大概没什么用,马提。我们试着先不去想桥的事情。"

"那怎么可能?我想过桥去看小捣蛋,还有那一大片花田。"

"你是说那片向日葵吗?"

"它们叫向日葵?"

"是的。"

"爷爷,快嘛,我们跑!"马提边喊着,边把苹果和玉米抱好,免得掉了。

他们跑了起来,马提很快就超过了爷爷。可是桥不但没有靠近,反而变得更远了。

"真是奇怪!"马提停了下来,上气不接下气地跌坐在长满青草的岸边。一直在他身后的爷爷慢慢跟了上来,现在的他已经和马提一样高了。

"你看到了吧?跑是无济于事的。"他说。

"是呀,根本没用。"

"我们试着不去想那座桥。"

"好,我来试试。"马提说。

他们站在原地,尝试着不去想过桥这件事。马提有时成功了,有时又失败了。每当他成功的时候,桥似乎就变得近了一点儿。可是当他看向河对岸的小捣蛋,看向那片向日葵花田时,想要过桥的念头就又回到了他的脑海里,而桥就又变远了。

"爷爷,我看我们是过不了桥了。"马提有点儿灰心,"你能做到不去想吗?"

"我还行。我在想别的事,这样我就不怎么渴望过桥了。别灰心,我们一定能做到的。"

他们继续往前走,不过不是为了走近那座桥,而是为了找些别的事来做。

"集市挺棒的,不是吗?"马提机灵地转移了话题。他

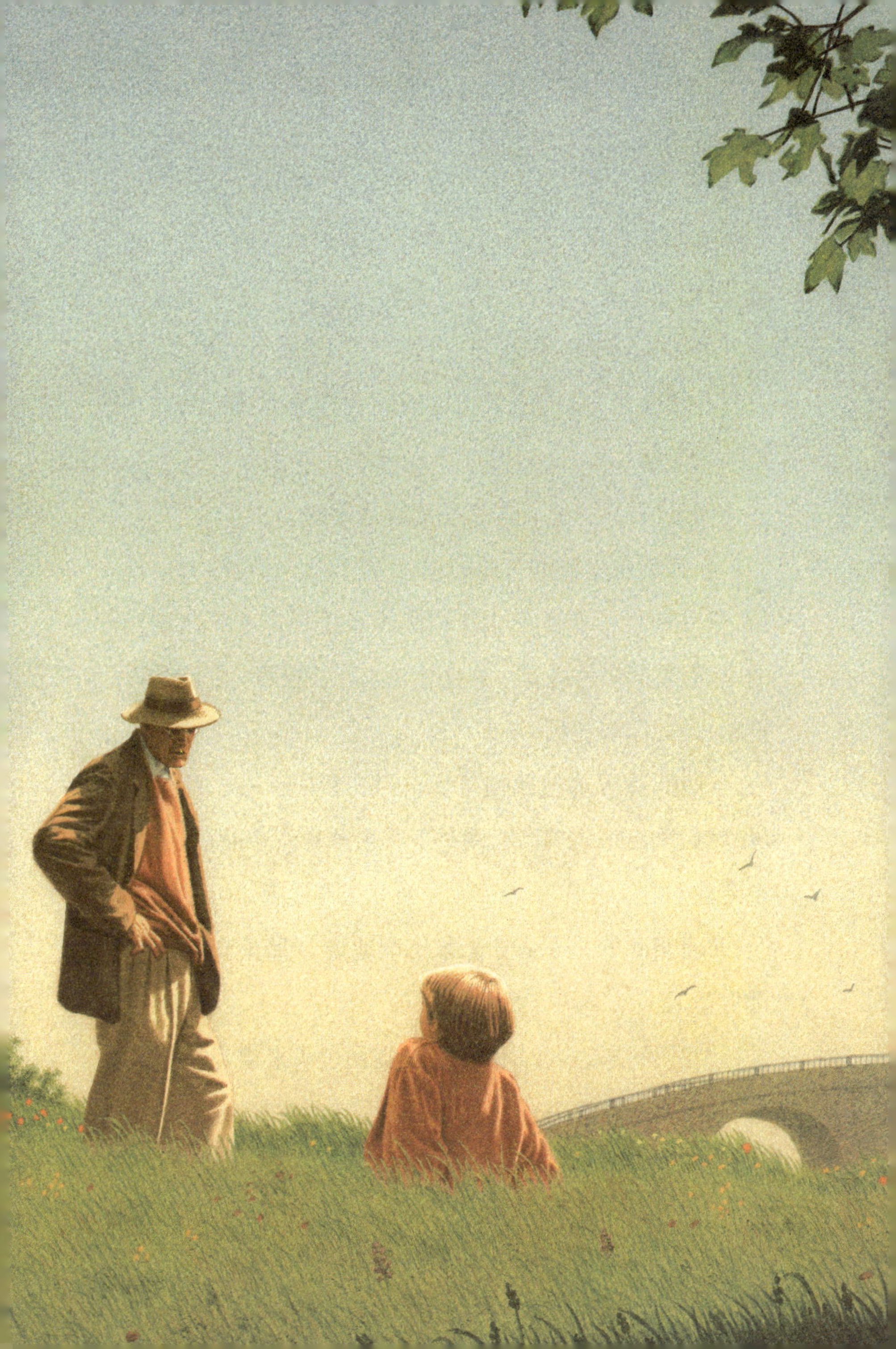

们聊着刚才看见了什么,做了什么事。桥时而向他们靠近,时而又远去了。

最后他俩不再说话了。

马提告诉自己,他只想在河边散散步,对桥、马或花都不感兴趣。

但是桥可不相信他,仍然离得远远的。

在河流左岸较远一些的地方,既没有马,也没有向日葵,只有一大片刚修剪过的草地,草地上四散着鲜草堆成的草垛,看起来就像是一座座小山。清风带来了好闻的青草味,马提深深地吸了一口气。

他想,如果加速跑向草垛,再奋力往上一跃,跳进草垛,然后爬出来,再起跑,跳进下一个草垛,这种玩法一定很有趣。

"真可惜!"马提望着那片草地说,"那里离我们好远!"

"我们到那边去好不好?"马提回过头来望着爷爷。

"到哪儿去?"爷爷问,他正一手扶着栏杆,站在桥头呢!

"桥！"马提兴奋地叫着,立刻就把草地抛在了脑后,他急不可耐地踏上了桥。

"慢慢走！"爷爷说,"现在桥可跑不了了。"

第十二章　穿越向日葵林

向日葵田出乎马提意料的大，挺立的花朵比马提和爷爷还高，简直可以称得上是"花林"了。

"小捣蛋在那边。"马提若有所思地说道。

"是的。"爷爷说，"我们得从这儿穿过去。"

向日葵漂亮极了，可是它们长得太过茂密，马提和爷爷刚走几步就险些走散了。

"这样不成。"爷爷说，"咱们得想个办法。"

"怎么走呢？"马提问。

"我们牵着手试试。"

可是牵着手,他们没办法在茂密的向日葵花林里穿行。

爷爷把夹克脱下来,再脱掉红毛衣,然后再穿上夹克。

"你觉得热吗,爷爷?"马提问。

"有点儿热。另外,我们需要用毛衣来走过这片林子。"

爷爷没有再说话,他从毛衣边扯出一个线头来,开始拆毛衣。

爷爷让马提用两手提着毛衣,自己则把红毛线缠成一团。有时线断了,爷爷就把两端打个结连接起来。毛线团越缠越大,像个红球似的在爷爷手里转来转去。等到毛衣两边的袖子都被拆掉后,线团已经比马提的苹果还要大了。

"现在可以出发了。"爷爷说,"我拿着线团先走,你抓紧毛线的这一端。等我走出花林时,我叫你,你就跟着毛线走,边走边卷。"

爷爷拿着毛线球消失在了花林中,马提则抓着线头站在原地。时间一分一秒地过去,马提紧紧握着线头,一边等待,一边仰望着天空。一群野鸭从他的视线中飞过,接着又飘过了几片白云,然后是一架飞机,几只燕子、蝴蝶和蜜蜂。突然,他听到远处传来了爷爷的叫声,现在该他穿过林子了。马提走进花林,他一边走,一边卷着毛线。红色的毛线在向日葵绿色的茎叶间显得十分打眼,马提手中的线团越来越大。向日葵的叶子有时被风吹起,有时被马提用线扯过,发出"唰唰"的声响。毛线偶尔会改变方向,马提小心地沿着线走,免得太过用力把线扯断了。当

线团卷得像苹果那么大时,马提走出了林子。爷爷正在草地上等着他呢。

"还顺利吧?"爷爷问。

"嗯。"马提回答。

他向四周张望,希望能够看到小捣蛋。

"它在那里,爷爷!"

白马正在两百米外的地方吃草,它甩动着尾巴,轻拍着自己的身体。

第十三章　半黑半白的"小捣蛋"

马提和爷爷走过草地,慢慢地向那匹白马靠近。

白马没有抬头,就在那里静静地吃着草。不过随着他们靠近,马儿开始注意起他们的举动来,有些不安地踱着步子。当他们走到离它大约五十米的地方时,马儿突然竖起了耳朵,引颈张望。

"乖,小捣蛋。"马提说。

但是马儿却慢慢地向后退去。

"糟了!爷爷,它走了!"

"要有耐心,马提。我们再试试看。"

"爷爷,如果我们心里不去渴望它,我们能抓到它吗?"

"不行,因为它是有生命的。我们这次要主动出击才成。"

他们一边说着话,一边走近小捣蛋。这时,小捣蛋突然转过头来,马提发现,它身体的另一边居然是黑色的。

"爷爷,快看!它居然一边是白色,一边是黑色!"

"我看到了。"爷爷说。

"这么说来,它就是我们在钟楼上看见的那匹黑马了。"

"完全正确,黑白马你也喜欢吧!"

马提考虑了一会儿,然后说:"喜欢。这样就好像我有了两匹马。"

"那么我们到它那边去。"

可是当他们靠近时,马儿却开始跑了起来,一会儿往这边,一会儿向那边。随着它的跑动,它身体的颜色也一会儿白,一会儿黑。

"爷爷,我们该怎么办?"马提问。

"我们来引诱它。"爷爷说。

马提看着爷爷。他发现爷爷又变矮了。现在的爷爷已经和马提一样高了,甚至可能比马提还要矮上那么一点儿。

"爷爷……"

"什么事?"

"没什么。我们怎样引诱它?"

"把苹果给我。"

马提把苹果递给爷爷。爷爷把毛线团上的线头绑在苹果蒂上,然后把苹果交还给马提。接着,他从毛线团里拉出来一半的线,让线松松地坠在地上。

"现在把苹果丢出去。"爷爷说。

"抛向马?"

"是的,但别打到它,不然会吓到它的。就投到离它几步远的地方。投出去之前你先咬一口苹果。"

"可是我不饿呀,爷爷。"

"只是为了让苹果散发出香味而已。把苹果咬开的话,马儿能够更容易地闻到它的味道。"

马提咬了一口,苹果真是香甜。

"爷爷,你要不要也咬一口?"

"不,谢了。"

"那我可以替你咬一口吗?"

"当然可以。不过别吃得太多,否则就不够拿来引诱马了。"

马提又咬下第二口,小小的一口,然后把苹果丢到马儿前面的草地上。

苹果飞了起来,后面拉着的红线在空中划出一道弧形的轨迹。

第十四章　捕获"小捣蛋"

苹果落到地上,又弹了起来。后面跟着的红线也慢慢落到了草地上,消失在茂密的青草丛中。马儿几乎立刻就抬起了头,往苹果的方向嗅了嗅。苹果就落在离它大约七八步远的地方。

"我们下一步该做什么,爷爷?"马提问,"如果它咬苹果的时候,我去拉线,那么线可能会断的。"

"只要你别让它真的吃到苹果就行。"爷爷回答,"轻轻地把苹果向我们这边拉一点儿,别太多。"

马提慢慢地、小心地拉着线。虽然看不见,但他能感觉到草里的红线拉紧了,苹果向他们这边移动了一些。

马儿没有跟过来,反而垂下头,又开始吃草。

"它不吃苹果!"马提失望地说。

"我们等一等。"爷爷说,"让苹果留在原地,别动。"

马儿一边吃着草,一边小步向前移动着。看起来似乎不经意,实际上它却在慢慢向苹果靠近。

"现在再小心地拉一下。"爷爷说。

"我懂了!"马提小声说。他慢慢地、不间断地把线卷回线团。马儿没有抬头,却改变了前进的方向,朝着苹果走了过去。

"快过来!"马提轻声呼唤道。

马儿现在离他们只有二十米左右的距离,它似乎根本就没有把注意力放在马提和爷爷身上。

"我要继续拉线吗,爷爷?"

"拉吧,不过要非常慢。不能让它看到草丛里的苹果,只让它闻到味儿就行了。"

"为什么不能让它看到苹果?"

"如果它看见一个会动的苹果,一定会吓一跳,然后逃走的。可是香味却不会让它害怕,因为它知道香味是会在空气中飘散的。"

"我懂了,爷爷。"

马提又开始慢慢拉起了线。突然,他感觉手中的线绷紧了。

"糟了,爷爷,线卡住了!"

马儿正朝着苹果靠近。

"我该怎么办,爷爷?让它吃苹果吗?"

"不行。你悄悄向右走两步,然后试着再拉一次。"

马提照着爷爷的话做了,苹果又开始移动起来。现在苹果距离他们只有十米左右的距离了。

马儿停下脚步,摇了一下半黑半白的头。

"它要跑走了!"马提小声说。

"别急,再看看情况。"爷爷说。

马儿没有动,而是望着马提。

"爷爷,我现在该怎么做?继续拉吗?"

"慢慢地拉。"

马提已经能看见草丛中的苹果了,就在离他几步远的地方。

五步、四步、三步……

"现在你往前慢慢走两步,把苹果捡起来。"爷爷说。

马提的心怦怦直跳,他向前走了两步,弯下腰捡起了苹果。

"要我再咬一口吗?"他问。

"不用,把线解开,把苹果放在手上。"

"现在呢?"马提照爷爷的话做完之后,问道。

小捣蛋静静地站着,注视着马提。

"用力往小捣蛋的方向吹一下苹果。"爷爷说。

马提举起苹果,吹了一下。马儿抬起了鼻子,就像是在发问似的。

"现在把苹果递给它,要像对待人一样。"爷爷说。

马提战战兢兢地伸出了手。马儿甩了下尾巴,缓缓走近。

"爷爷,它会不会吃掉我的手?"

"不会的,把苹果平放在手中,别害怕。"

马提照做了,不过因为害怕,他的手抖个不停。他真

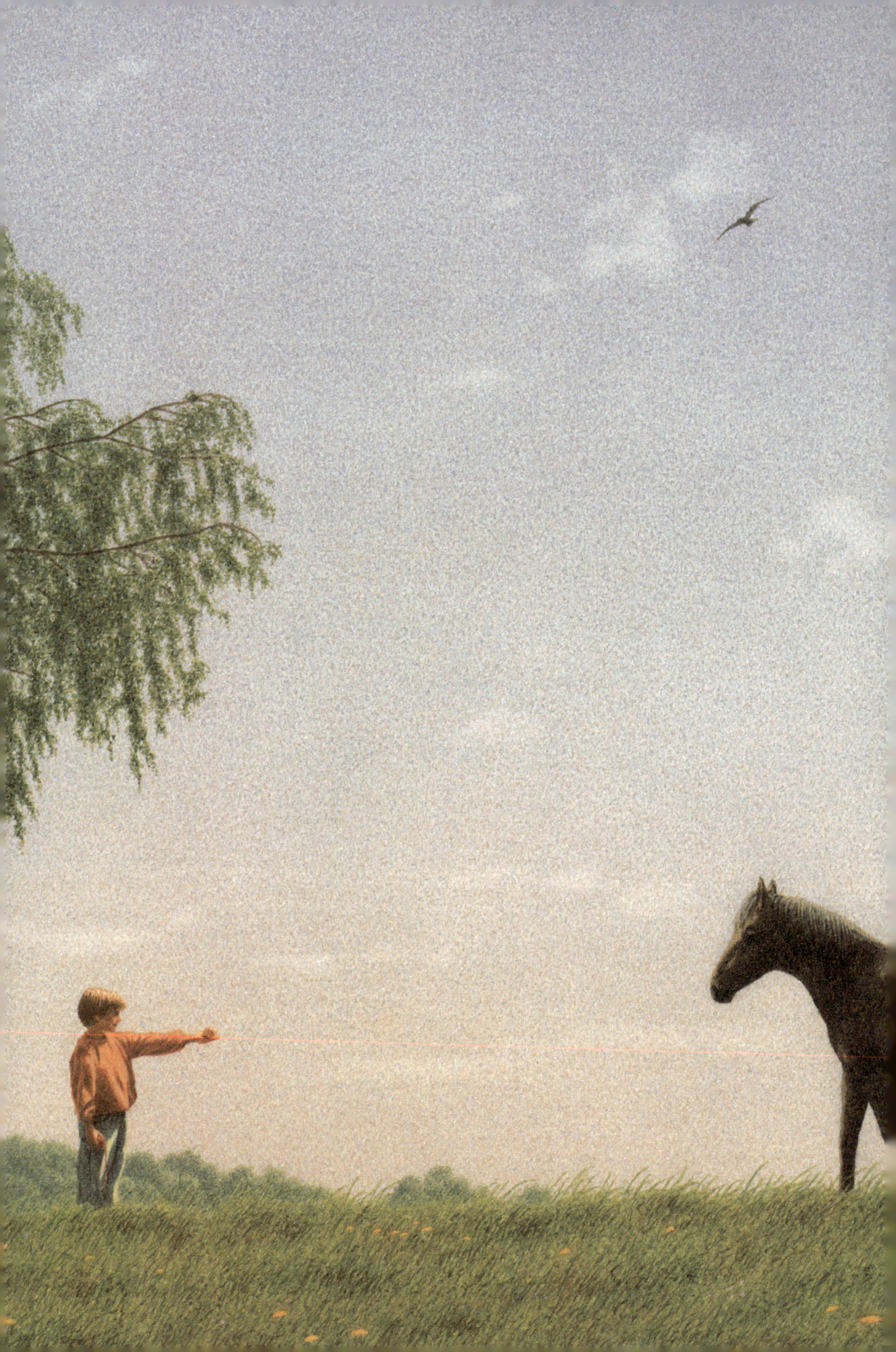

怕苹果会被抖得掉下来。

马儿走近了。走到距离马提一米远的地方时,它抻长脖子,闻了闻苹果,然后很小心地咬进嘴里吃了起来。

"摸摸它鼻子和眼睛中间的那块地方。"爷爷说。

马提伸出手,摸了摸马儿头上半黑半白的硬毛。

"成了。"爷爷说完,轻声笑了起来。

第十五章　马背上的爷爷又缩小了

小捣蛋载着爷爷与马提,经过白色的道路,经过鸟语的树林。马提觉得好幸福。但是坐在他身后的爷爷又缩小了,现在的他,可能比马提还要矮了。

"小捣蛋现在是我们的了?"

"不完全是。"

"你的意思是它有其他的主人?"

"不,我的意思是,没有任何东西是你能百分之百拥有的。"

"连一个球,或一颗小石头都不行吗?"

"是的。你只能拥有它们的一部分。"

"那么不属于我们的部分呢?"

"那些属于这个世界。"

马提沉思着。

"我想要马儿白色的那一半。"想了一会儿后,马提说道,"你觉得世界会喜欢它黑色的那一半吗?"

爷爷笑了起来,没有作声。

"不,我还是不要白色的,要黑色的那一半好了。"

爷爷还是没有说话。

"那我既不要白的也不要黑的,既不要马头也不要马尾。"

"那么你想要什么呀?"爷爷问。

"我想拥有整个小捣蛋。可这样是不行的,对吗?"

爷爷没有回答。

"那么让小捣蛋陪我们走一段路好了,能骑在它背上真开心!"马提说完,摸了一下马的鬃毛,当然那也是半白半黑的。

爷爷又笑起来,他短短的手抱住了马提的腰。

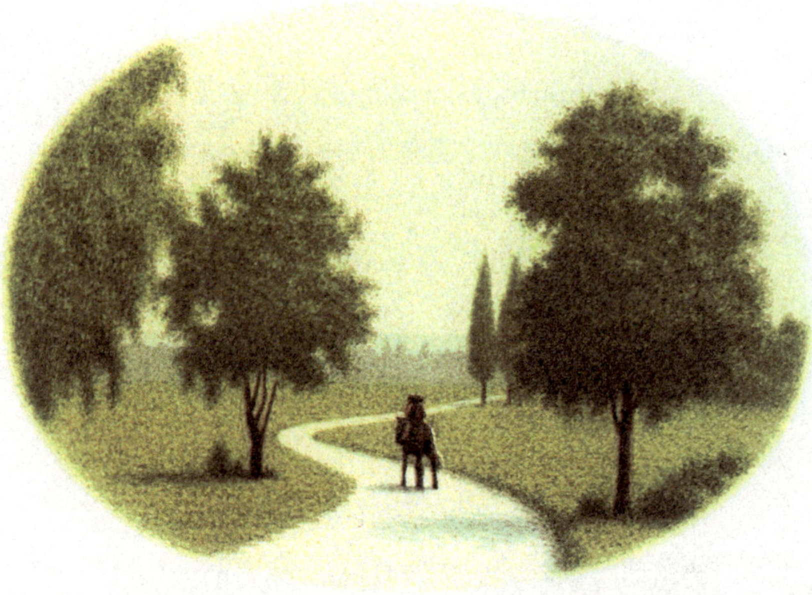

第十六章　掌心的寻宝图

直到坐得屁股都痛了,马提与爷爷才决定下马。

跟在小捣蛋身边又走了一阵,他们决定让它离开。

"再见,小捣蛋!"马提叫着,马驰骋而去,留下一片飞扬的尘土。

眼前的景色宁静而祥和,他们已经能够隐约闻到海水的咸味和松林的清香了。

"你饿不饿?"爷爷问。

"不饿。真奇怪,我一点儿也不觉得饿。"

爷爷现在已经明显比马提小了一圈。

"你为什么这样看着我？是不是因为我又变小了？"

"是的,爷爷。你再这样小下去,我真怕你会消失得无影无踪。"

"我们不久就会知道了。"爷爷说着,面露微笑,"也许,当我小到一丁点儿大时,就会又开始长大,说不定会变成一个巨无霸爷爷呢！"

马提看着爷爷,没有说话。

"我们来玩个游戏,好不好？"爷爷问。

"好！玩什么呢？"

"看图寻宝。"

"可是我们没有图！"

"图就在我们的手上。"

"在哪只手上？你和我加起来,我们可有四只手呢！"

"这就是我们要去找的,我们得弄清楚哪只手上画着藏宝图。"

他们望着四只手掌,每只手的掌心上都有精彩有趣的纹路。

"应该很难找出来吧,爷爷？"

"也有可能地图本来就只有一张。"

"地图会是什么样的呢？"

爷爷说着把两只手并在一起，掌心向上，然后说："把你的也伸过来。"

马提把双手伸了过去，他的指尖碰到了爷爷的指尖。

"再靠近些，马提。"爷爷说。

他们把手指交叉起来。爷爷的手指细长苍白，马提的手指又粗又短，泛着淡淡的粉红色。手心并拢后，果真出现了一张图。

"宝藏在哪里？"

"我们得等一等，我们需要一个信号。"爷爷说。

他们张着手坐在松树下，像两个等人来施舍的乞丐。

阵阵和风带着海水的咸味，吹拂着马提的黑发和爷爷的白发。

爷爷的手温暖而干燥，比马提的要小上许多。马提仔细观察着掌纹。

"会有信号吗，爷爷？"他问。

"一定会有的。"爷爷回答。

第十七章　踏上寻宝之路

距离他们不远的地方,有一棵松树。就在他们等待信号的时候,马提在松树的树干上看到了一个奇怪的东西。那个东西看起来像是一只蚱蜢,却是透明的,而且一动也不动。

"爷爷,那是什么?"

"你是指那个在树干上的东西吗?"

"是的。"

"那是个空壳,是一只蚱蜢留下来的表皮。有的虫子在长大的时候,它们的表皮不会随着身体生长,于是它们就重新长出一个新的表皮来。当旧的表皮裂开后,长大的虫子就从里面出来了。被虫子脱下来的旧表皮又被称作'蜕'。"

"不过它看起来挺滑稽的,好像是昆虫的纪念品。"马提说,"等会儿我能把它取下来带走吗?"

"当然可以。"

他们不再说话,继续等待信号的出现。松树的针叶不时掉进他们的掌心,不过很快就被风给吹走了。

过了一会儿,一只苍蝇模样的小虫子悄无声息地飞了过来,停在了马提的左手上。

"爷爷,这是信号吗?"

"是的,我们来看一看。"

他们仔细观察着虫子停下的地方,那里应该就是埋藏宝藏的地方:正好就在马提手心两条掌纹的交会处。

"你看清楚了吗?"爷爷问。

"看清了。再说,就是忘了的话也没关系,因为虫子停着的地方一直都好痒。"

虫子飞走了。

"可是我们现在在哪里呢？"马提问道，"在我们掌纹地图的哪个地方？"

"得找一找才能知道。"爷爷边说边朝四周张望着。

他用下巴点了一下左边的方向："那边的那条小路可能是我右手上的这条细纹。这样看来，我们现在的位置应该就在这个长黑痣的地方，你看见了吗？"

"看到了。不过你确定吗，爷爷？那条路也有可能是我左掌上的细纹哪，就在宝藏的旁边。"

"我们来好好研究一下。"爷爷说。

过了一会儿，马提问："那条路看起来既像我的掌纹，又像你的。我们该怎么办？"

"我们试两次吧！"爷爷说。

"你的意思是有两份宝藏吗？"

"我觉得不会。不过我们先照着你的掌纹走。如果没错的话，那宝藏应该就在附近了。"

他们各自把手抽了回来，站起身，数着脚步，找到了和虫子停过的藏宝点相符的地方。那里有一片干枯的灌木丛。

"我们挖吗,爷爷?"

"挖吧。"

刚开始的时候,土很硬,不过越往下挖,土壤就变得越黑、越软。最终,马提挖出了一块看起来像是凸透镜的圆形玻璃。

"爷爷,这就是宝藏吗?"

"我想不是。"

"可是我想留下它,我挺喜欢的。"

他们又向下挖了一会儿,可惜土里并没有藏着任何宝物。

"看来,这条路是不对的。"爷爷说,"正确的路应该照我的掌纹来走,因为我们还没想出第三种可能。"

他们走回刚才的出发点,又把手并拢在一起,研究了一番,然后上路。但在走出了十多步后,马提突然停了下来。

"我忘记拿东西了!"他说完就跑向刚才那棵树,从树干上取下蚱蜢硬硬的空壳,然后回到爷爷身旁。

"如果直接把它放进口袋,它会被压坏的。"他说。

"等一下。"爷爷一边说,一边从口袋里掏出一个烟盒,把里面的东西倒在了地上。现在他已经比马提矮一头了,当他与马提说话时,得把头抬起来。

马提吸进了一些烟草末,惹得他连打了好几个喷嚏。

"爷爷,你为什么要把烟草倒掉?"马提被呛得直掉眼泪。

"因为我不想再吸烟了。"

烟盒足够大,他们把空壳放了进去,然后继续寻宝。

第十八章　只有一枚金币的宝藏

地形真的和掌纹相符：手掌上的每个交点、每条纹路的弯曲形状，都和小路上的岔口以及拐角相符。不过他们还是得非常当心，尤其是走在爷爷手掌上标识的地方时，因为那里到处都是窄窄的小径、干涸的溪流、又短又陡的斜坡和绕来绕去的弯道。相比之下，马提手掌上对应的区域就好走多了：那里长满松树，并且通往大海。

透过散发出松香的树林，已经可以看到蓝色的海水，也能听到波浪的澎湃声。现在爷爷只有大约九十厘米高了。马提见他步履轻盈、精神抖擞地走在前面，心想，也许去寻的这个宝,正是一种能使爷爷恢复原来身高的药。

到达虫子停留过的地方后,他们停下来休息了一阵。

"宝藏就在这下面了,对不对?"马提问。

"如果图没错的话,应该就在这里。"爷爷回答。

"可是是谁把宝物藏在这儿的呢?"

"谁知道呢?可能是土匪或是海盗吧。"

"他们难道没有回来把宝藏挖走吗?"

"也许他们忘了,也许因为他们的船在海上沉没了。不过也有可能他们不久之后就会回来。"

"那么他们就只能望着洞叹息了,因为宝物早就被我们拿走啦!"马提笑着说。

海风轻轻吹着,他们挖了大约半个钟头。马提很担心爷爷会掉进洞里,所以随时都警觉地注视着。很快,他们就感觉到土壤下有一个硬邦邦的东西。清理掉泥土和石块,他们发现那是一个镶着铁边、裹着绿绒布的木头箱子。

"找到了!"马提叫道。他帮着爷爷把箱子打开,可是

马提与祖父
Mattia e il nonno

箱子里只有一些松树根。这些树根是从箱子两侧的洞孔探进来的。

"真可惜!"马提说着,一屁股坐在了洞口边。不过,他并没有感到很失望,毕竟最有趣的经历是寻找的过程。

"看来海盗已经回来过了,对不对?"他问。

"也许吧。"爷爷一边说,一边从坑里爬了出来,"但是他们把这个给落下了。"他把一枚印有西班牙国王头像的金币递给了马提。

"总比没有好！"马提说着,手中的金币在阳光下闪耀着光芒。

"你饿了吗?"爷爷问。他平躺在地上,伸直四肢,居然还没有箱子长。

"还不饿。"马提说,"也许等一下会饿吧。"

他们透过松枝的空隙仰望着蓝天,闻着松脂与海水的香味。天很热,四周传来阵阵蝉鸣。隐约间,似乎还夹杂着窸窸窣窣的声响,那是一种奇特的、很轻很轻的沙沙声。

他们或许睡着了一会儿。

"你在睡觉吗,爷爷?"马提问。

"没有,我在看天空。"

"很漂亮,对不对? 蓝色和金色。"

"蓝色和金色?"爷爷有些不解。

"蓝色的天,金色的树枝。"马提说着打了个哈欠。

"原来金子都跑到那上面去了！"爷爷满心欢喜地说。

"跑到哪儿去了?"

"都跑到松树里去了。树根把金子吸收了进去,整棵树就变成了金子树。这还是我第一次见到活生生的金子呢！"

他们平躺在地上，看着这棵神奇的树，听着风吹过树枝的沙沙声，欣赏着茂密针叶间闪烁的金光。

不过也有可能，此刻的他们，其实依旧是在梦中。

第十九章　被海盗捉住了

等他们醒来之后,马提想去游泳。

他跑向海滩,脱了衣服,踩进水里。马提一边叫着,一边在水浅的地方嬉戏奔跑,溅起来一大片水花。

爷爷已经变得只有七十厘米高了。他坐在海滩上,看着马提玩水。

突然他们看见有艘帆船从远方驶来。

"是海盗船!"马提大叫着,跑回了海滩。

"看起来有点儿像。"为了看得更清楚些,爷爷一边说着,一边把一只手搭在眼睛上方,向远处眺望。

船乘着绿色的海浪,一起一伏地向海岸驶近。

"他们朝这边来了!"

"是的。"

船看起来好像离他们很远,可是实际上却已经很近了。之所以马提和爷爷会有这样的错觉,是因为那艘船实在是太小了,几乎不到八米长,里面装了一船的小海盗——不是孩子们扮的,而是地地道道、留着大胡子的海盗,只不过他们都是侏儒而已。

爷爷和马提好奇地看着他们。

马提重新穿上了衣服。

"我们要不要逃走呢,爷爷?"

"你想逃吗?"爷爷问。

"我想近距离看看他们。"

"那么我们就不走了。"

他们站在原地等待着。船在距离海滩大约五十米的地方停了下来,海盗们在甲板上跑来跑去,大声叫嚷着,从船上放下了三条小船来。

"我们现在要不要逃呢?"马提问。

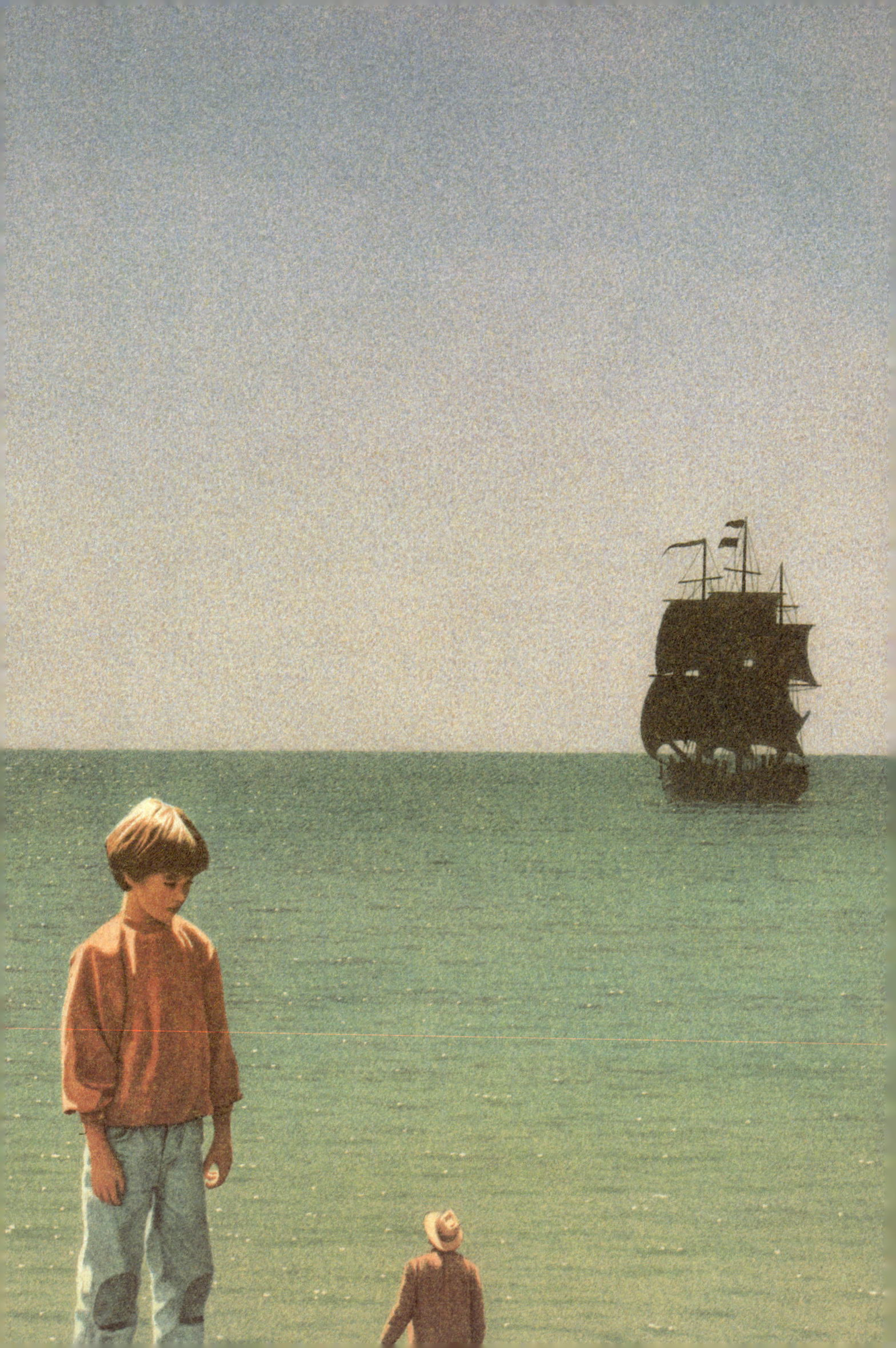

"你怎么想?"

"我想和他们聊聊天儿,也许他们是友善的海盗。"

"也许吧,但如果是他们把宝物藏起来的呢?"

这时,三条载着侏儒海盗的小船已经靠近了海滩。

"三十六计,走为上策!"马提说完,就往松林跑去。

还没跑出几步,马提就听见身后传来了爷爷的惊叫。他回头一看,发现此时的爷爷变得太矮小了,在沙滩上跑得十分费劲。马提赶快跑过去抱起爷爷,然后继续前进,不过他跑得很困难,而且还不时摔倒。相反,海盗跑得像猫似的,一下子就追了上来。

"马提,他们就要追上来了。"爷爷说,"把我放下吧,我们就在这里等他们来。"

"抓住了!"一个海盗尖叫着,一把抓住了马提的胳膊。

"投降还是反抗?"另一个吼着。

"没什么好神气的,我们投降。"爷爷说,"谁叫你们人多势众呢!"

第二十章　马提和爷爷被海盗关起来

马提和爷爷被带到了一座距离海岸大约五百米远的方塔里。海盗头子从他们身上搜出了装着蚱蜢壳的盒子、圆形玻璃和金币。

他留下金币,把其他的东西还给了马提。

"这枚金币是在哪里找到的?"海盗头子问。

爷爷抬头看了马提一眼,他现在比侏儒海盗还矮。

"这是我的爷爷传下来的东西,"爷爷回答道,"所以我总是随身带着。"

"那么就是我的曾曾祖父了!"马提说。

马提与祖父

Mattia e il nonno

海盗头子看着他们俩。

"老顽固,是吧?"他说,"好,那就别想吃东西,你们好好考虑一下吧。我们要休息了。不过我想,还是乖乖把藏宝的地方说出来,这样对你们比较有利!"

他们把马提和爷爷关进了一个小房间,从装有铁栅栏的窗口望出去,可以看见大海。房间的门是木头做的,在门一半高度的位置开着一扇小窗。

门外有三个海盗在站岗。马提踮起脚尖,刚好能从小窗里看见他们。

"爷爷,你为什么骗他们说这枚金币是祖传的呢?"马提压低了嗓门儿问,"让他们去找好了,反正也找不到任何东西!"

"但如果他们找到了那棵树,看见金色的叶子,他们会把树砍掉的。"爷爷解释着。

"还好你刚才扯了个谎。"马提说。

"你饿了吗?"

"有一点儿,不是很饿。"

"你看看外面有没有人。"

马提从小窗往外望,发现海盗们不在附近。

"外面没人。"

爷爷从裤子口袋里掏出了玉米:"瞧,我是不是藏得很好?如果我们一会儿饿了的话,可以吃这个!"

"然后呢?"

"看情形再说。"

他们透过铁窗眺望着大海。马提把爷爷抱了起来,因为爷爷不够高,看不见。

"试着去摇晃一下铁栅栏,马提。"爷爷说,"我现在是推不动了。"

马提抓紧铁栅栏,又推又拉:"太结实了,爷爷。如果我用力拉的话,或许能拉下来。不……我觉得应该还是拉不动。"

"没关系,我们等会儿再想想其他的办法。如果你愿意,我讲个故事给你听。"

马提最喜欢听爷爷讲故事了,在家的时候,爷爷每天都会给他讲一个故事,有时候是听过的故事,有时候是新的故事。

"要听老的还是新的故事?"爷爷问。

马提坐下来,把爷爷抱在怀里。

"讲个新的吧!"

爷爷讲了一个关于魔鬼的三口锅①的故事。

---

① 故事名为"魔鬼的邋遢兄弟",出自格林童话。

第二十一章　在狱中吃爆米花

才刚讲完故事,海盗头子就站到了门外。

"现在你们肯告诉我们宝藏在哪儿了吗?"他问。

"那枚金币我真的一直都带在身边。"爷爷再次回答道。

"那就让你们饿死好了!"

马提现在真的饿了。他们拿出了玉米,但是玉米粒实在是太硬了。

爷爷说:"把玉米粒一颗颗地剥下来,然后拿到窗沿这边来。"

马提按照爷爷的话做了。爷爷找了根小木棍支撑圆形玻璃,使之形成一个特定角度。这么一来,阳光透过镜片,在窗沿上折射出一个很亮的光斑。

"把玉米粒放到这边。"爷爷说。

马提放了一颗玉米粒过去,之后便静静地等待着。只一会儿工夫就传出"砰"的一声,玉米粒顿时成了爆米花。马提迫不及待地把爆米花放进嘴里。爆米花不但软,而且十分可口。

一颗颗的玉米粒都变成了爆米花,肚子就这样被填饱了。

夜晚很快降临了。海盗们围坐在大厅里,一边唱歌,一边用金属酒杯喝着美酒。没过多久,他们就纷纷醉倒在地,只剩下房间外的三个守卫还保持清醒。

马提从小窗探出头去,他问那三个海盗:"你们叫什么名字?"

"我叫相思苦。"一个说。

"我叫极邋遢。"另一个说。

第三个说:"我叫鹅嘴。"

"当海盗好玩儿吗？"

"当然啦！你永远都不会觉得无聊。"相思苦说。

"你们从不晕船吗？"

"哪有晕船的人去当海盗的！"鹅嘴说。

马提还想再问下去，可是他太疲倦了，便在长板凳上睡了过去。爷爷也睡着了，还打着鼾。外面的海盗们红酒喝多了，打起鼾来更是响亮。

第二十二章　和爷爷从狱中逃走

清晨时分,却没有雄鸡报晓的声音,因为这附近根本就没有鸡。

爷爷唤醒马提,轻声说:"快起来,我们准备逃走。"

马提一下子跳起来:"可是爷爷,门是锁着的,窗上又有铁栅栏,我们要怎么逃?"

"你等会儿就知道了。"爷爷边说边走向门。

"嘿!"爷爷叫了一声,三名守卫的脸立刻就出现在小窗前。

"什么事?"他们一边问,一边向下张望着,因为现在的爷爷只有大概五十厘米高了。

"我们来比赛吧,如果你们赢了,我就告诉你们宝藏在哪儿!"爷爷说。

三个海盗彼此望了望。

"什么比赛?"他们轻声问,不想吵醒其他人,"别以为我们会把门打开!"

"是比赛打牌吗?"相思苦问。

"不是。"爷爷说,"我们来比赛拔河。"

"怎么比?"

"我们两个在里面,你们在外面。"爷爷说,"把粗绳穿过门上的小窗,你们抓住绳子的一端,然后往外面拉,我们则往里面拉。谁把对方拉动两步的话,就算赢了!"

"如果我们赢了,你就会告诉我们宝藏在哪里吗?"相思苦问。

"一言为定!"

"如果我们输了,"鹅嘴问,"你不会要求我们开门吧?"

"当然不会!我们只是玩玩,因为无聊嘛!"爷爷说。

三个海盗轻声商量了一会儿,又看了看不远处仍在呼呼大睡的同伴们。

"好吧!"他们同意了,并且找来了一根绳子,从门上开着的小窗递了进去。"准备好了吗?"他们问道。

爷爷朝马提挤了下眼睛,轻声说:"快把绳子绑在窗户的栅栏上!"然后他向门外喊:"请再等一下!"

马提跑到窗边,把绳子系在了铁栅栏上。做完这一切,他回到了爷爷身边。

"现在呢?"他轻声问。

"现在我们也一起拉!"

"好了吗?"门外的海盗们不耐烦地催促道。

"好了!"爷爷回答。他和马提一起抓紧了绳子。

"一——二——三,开始!"海盗们叫嚷着,使出全身的力气拉起绳子来。

马提和个子矮矮的爷爷也朝着同一个方向拉绳子。"砰"的一声,栅栏脱离了窗框,在一片飞扬的尘土中,摔在了地面上。

马提和爷爷翻过窗沿,跳上沙滩,开始拼尽全力地奔跑起来。

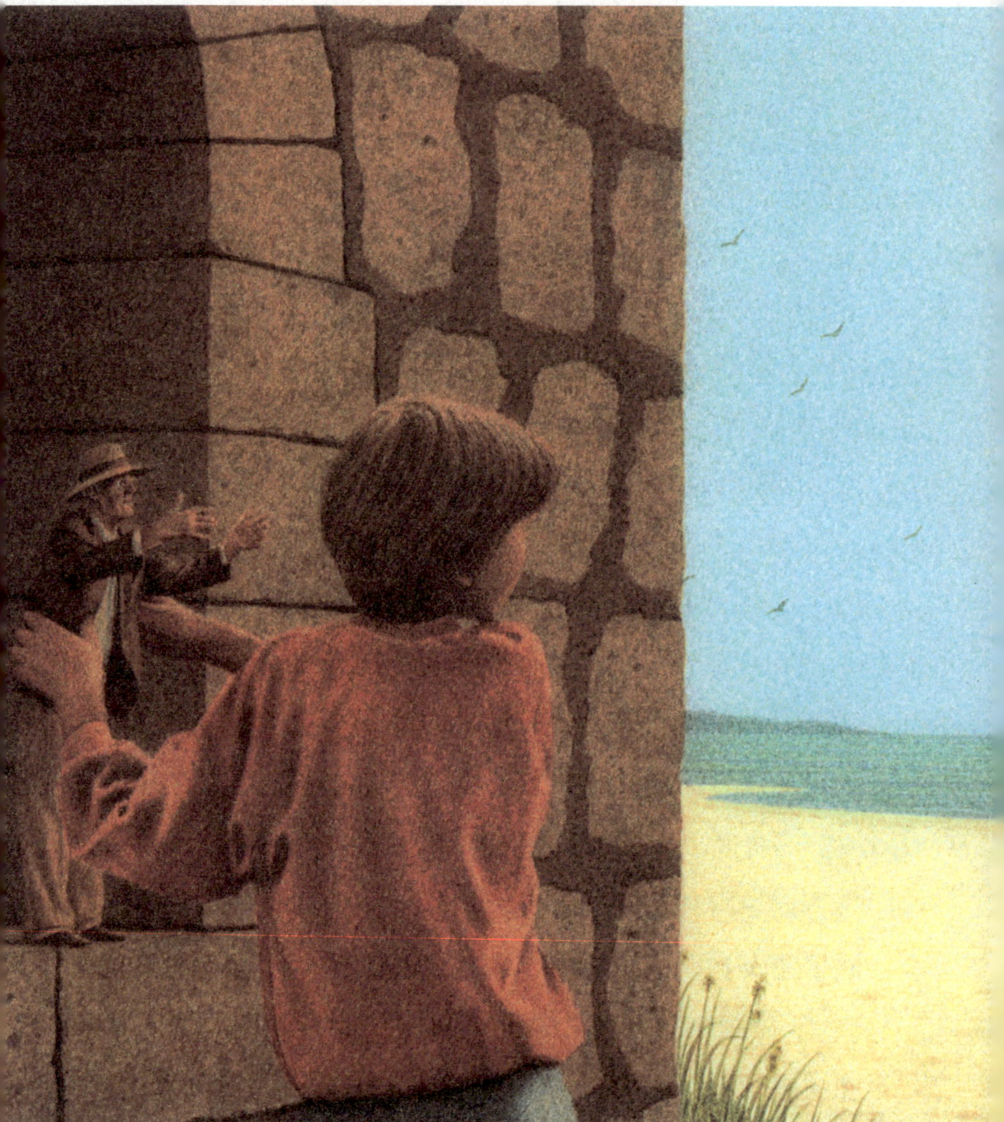

第二十三章　爷爷变得和洋娃娃一样大

爷爷太小了,根本跑不快,马提一把抱起他,在沙滩上飞奔着。他不时回头察看海盗们是否追了上来,还好没有,他们现在已经安全了。

马提穿过礁石,跑到一片美丽的海湾。他们停下来休息了一会儿。被他抱在怀里的爷爷,看起来就像一个洋娃娃。

"我们从他们手里逃出来了,对吧,爷爷?"马提问。

"小意思。"爷爷回答。

他们眺望着银白如镜的海面。

"你会消失吗?"马提问爷爷。

"不会的。你不久就会知道。"爷爷说完继续眺望着大海。过了好一会儿,爷爷再次开口了:"我们回家吧。这次你想走哪条路?"

"有多少条路可以选?"马提问。

"所有的都可以。"爷爷回答,"包括我们来时走的那一条。"

"那我们走一条新的路吧!"马提说。

他站起身来,穿过松林,走过小桥,踏上了一条小路。爷爷现在太小了,没办法在树林里或者地面上行走,所以一路上马提都把爷爷捧在手心里。他让爷爷坐在自己的一只手上,为了防止爷爷摔下来,他把另一只手护在了前面。

"爷爷?"马提唤了一声。

"什么事,马提?"

"你现在这么小,可是为什么声音仍然和以前一样呢?"

"什么意思?"

"你的声音难道不也应该跟着变小吗?"

"其实已经变小了。"爷爷说,"只不过你的耳朵好,所以听得清楚呀!"

"前面是向日葵林,爷爷!我们又回到花林来了!"

"可能是同一片花林,也有可能不是。你想从那儿穿过去吗?"

"是的。"

马提把爷爷捧在手上,他放缓了步子,寻找正确的方向。前方传来潺潺的流水声,他循着声音,在散发着芳香的圆形花朵间穿行着。

水声越来越近。

"走出来了!"马提好不容易走到河边的一条小路上,高兴地大嚷,"你看,那边有桥!"

"你想不想休息一下,马提?"当他们来到桥中央时,爷爷问他。

"好的。"马提说,"我们来欣赏一下落日吧。"

第二十四章　爷爷被马提吸进身体

马提靠着桥的栏杆坐了下来，看着地平线上方的红太阳。现在已是太阳下山的时候了。

"请把我举高些好吗？"爷爷说，"在这个位置我看不清楚。"

"要不要坐到我的头上，爷爷？"

"好主意！我会觉得像是坐在一片草坪上！"爷爷说。

马提小心地把爷爷放到了头上。现在的爷爷大概只有二十厘米高了，甚至有可能更矮。

他们静静地欣赏着落日。

"好美,你觉得呢?"马提问。

"我也觉得很美。"爷爷说。

他们眼前的河流转了一个大弯。河水映衬着被夕阳染红的天空,泛着红色、黄色和橙色的光。

"不知道小捣蛋现在到哪里去了。"马提说完,还没等爷爷搭腔,就呼呼睡着了。也许只睡了几分钟,也许睡了一个钟头。最终,一阵清风把他吹醒,只见天空已经从暗红色变成了深蓝色,几颗明亮的星星正在夜空中闪耀。

他忽然意识到爷爷不在他的头上了,心怦怦直跳。

"爷爷!"他叫道。

"怎么了,马提?"

"噢,原来你还在!"

"我当然在呀!你刚才睡着了,对不对?"

"对。"

"你有没有做梦?"

"大概有吧,只是记不起来了。"

"看看天上的星星,马提。你能认出它们来吗?"

"那是大熊座,对不对?"马提指了指,"在我还小的时候,你曾经告诉过我。"

"是的,我还记得。"

马提没有再说话,他在脑海里想象着爷爷此刻的模样。他已经感觉不到头上爷爷的重量了。

"现在继续走吧!"爷爷说。

马提想抱他下来,可是却找不到他。

"你在哪里?"

"我在这里,你得小心一点儿找。"

马提小心地在头发里摸索着,爷爷现在只有薄荷糖那么大了。马提小心地捧着爷爷,在夜晚微弱的光线里打量着他。爷爷已经小到快要看不见了,只能从手心里痒痒的感觉中察觉到他的存在,就像当初松林里停在他手上的那只小小的虫子一样。

"我们现在该怎么办,爷爷?"马提问,"我真怕会弄丢你,你太小了。我要不要把你放进口袋?"

"最好不要,马提。"

"那要怎么做?"

"再等一会儿。"爷爷说,"现在你先把我握在掌心里,我们回家。相信我,我们会找到解决办法的。"

马提慢慢地把手掌合拢起来,他走下了桥。从这里开始,他已经认得回家的路了。那个他们曾经买过东西的集市现在空荡荡的,街道安静又黑暗。

马提不时地跟爷爷聊聊天儿,只为了能够听到他的声音。

"这里的市场已经打烊了,爷爷。"

"是呀,已经很晚了。"

走了一段路后,马提又说道:"我们现在正沿着河走,河边有路灯,爷爷。"

"太好了,这样一来就好走多了,马提。"

又走了一段路后,马提再次开了口:"我们现在到小溪了,爷爷。"

"有小桥的那个?"

"是的。"

"那我们快到家了。"

马提走着走着,突然觉得手心里好像什么东西也没有了。

"爷爷?"他唤道。

"怎么了,马提?"

"没事。我只是想听听你的声音。"

"我在这里,"爷爷说,"浑身都是辣椒味。"

马提猛地停住了脚步,他正巧站在一盏路灯下面。

"你说什么?你身上有辣椒味?"

"是的。"手心里的爷爷说。

马提把手举到眼前,慢慢地、小心翼翼地张开了手,可是他却什么也没有看见。

"爷爷。"马提小声地唤道。

"我在这里。"爷爷回答,可是马提却看不见他。

"我看不见你。"

"因为我又变小了,但是我还在呀。"

"你说什么辣椒味?"

"你闻不到吗?"

"闻不到。"

"真的?再仔细闻一下,马提!"

马提把手伸到鼻子底下:"爷爷,我闻不出来。"

"你得深深吸一口气,就像我吸烟时那样,你该记得吧?"

马提重重地吸了一口气,觉得好像有什么东西被吸进了鼻孔。

"我还是闻不到辣椒味,爷爷。"他说。

"我骗你的,根本没有辣椒味。"爷爷说。但他的声音却不是来自马提的手中,而像是从四周的某处,或者像从马提的身体里发出来的。

"到底是怎么回事,爷爷?"他问。

"我使了个小伎俩,马提。我让你用力去闻,就是为了让你把我吸进你的身体。如果我说让你把我吃下去的话,我想你是绝不会同意的。"

"那你现在是在我的身体里了？"

"是的。"

"这是你的声音？"

"是的,但是只有你能听得见。"

"你感觉怎么样,爷爷？"

"好极了,马提。在孩子身上,我可以找到最好的安居之所。"

马提沉默了一阵子,思考着。

"我们现在得回家去了,对不对？"他问道。

"是的,是时候了。"爷爷回答。

第二十五章　爱的人永远活在我们心中

二十米远的前方,一盏路灯下有扇门。那扇门孤零零地伫立在河岸旁。马提认得它。

他走过去,把门打开,走了进去。

爷爷房间里的景象仍然和离开时一样。爸爸、妈妈、两个叔叔、六个孩子及一些亲友,有的人正哭着,有的人才刚刚止住了泪水。

床上的爷爷一动不动,面色苍白。

马提穿过人群,回到了妈妈身边,那里正是他离开前所站的地方。他望了一眼上方的天花板,想看看苍蝇是否

还在那里，可是他什么也没有看见。

他把目光投向了床上的爷爷。爷爷毫无生气，一动不动地躺在那里，面色惨白。

"爷爷。"马提非常小声地叫道。

"什么事？"爷爷问。

"你在哪里？"

"我在这里。"

"躺在床上的不是你,对不对?"

"当然。"爷爷说,"那里躺着的只是个空壳。"

"我就知道。"马提说完,很轻地笑了起来。

突然,马提听到了一声很沉的叹息。他抬头看向妈妈,发现妈妈的神色非常悲伤。为了安慰她,马提把手伸了过去。妈妈望了马提一眼,紧紧地握住了他的手。

那一天,以及之后的一天,大家都沉浸在悲伤之中。

为了对其他人的伤感表示尊重,那两天马提一直不敢笑,尽管有时候爷爷会说些很有趣的事情来逗他。

他们把爷爷的空壳带到了墓地。爸爸抱起马提,问他:"你以前很爱爷爷,对不对?"

"当然,我现在还是一样爱他呀!"马提说。

爸爸望了他一眼,没再说什么。

"嗯,可是……现在他已经不在了。"过了一会儿,爸爸说,"不过……"

马提认真地看着他。

但是爸爸好像不知该怎么说。

"你是不是想说,他其实还在?"马提问。

爸爸抿了抿嘴唇。

"对,这正是我想说的……我们所爱的人会一直陪在我们身边,"他说,"陪伴我们一辈子,你懂吗?"

马提微笑着,扯了一下爸爸的胡子,就像他平常开玩笑时那样。他回答道:"是的,我懂。"

− 书评 −

向日葵林子

著名作家 / 梅子涵

阅读这样的书,我总是吃惊。我会一下子跌坐进那巨大的才华中,不能动弹。

这是一种才华分外亮灿的书,让你看见的是文学的高空,而不是一些只有稍纵即逝的快活和感动的文字,不是只需要一点儿小灵巧就能写出来的滑稽和味道。

爷爷快死了,所有的人都站在他的床边哀痛地等候最后的时刻,这是这本书的开头,最后爷爷真的死了,这是这本书的结尾。这本书写的就是生命的告别和离开。

可是我们真是想不到在这个关于死亡的故事里,写的却是奄奄一息的爷爷叫七岁的马提和他一起到外面去散散步。

爷爷难道不是快要死了吗?可是爷爷说,这都是那些大人在开玩笑。

结果那个快要死去的爷爷仍旧闭着眼睛躺在床上让大家抽泣和哀痛,而不觉得自己要死去的爷爷却满怀欢喜地和马提一起溜到河边和原野上去散步,去玩耍了。

他们看见远处有一匹白马,还捉了鱼;他们登上钟楼,看见红色的屋顶在他们脚下,河水闪着光亮像一条金属带子;他们还去了市场,爷爷用领带换了一根玉米、一个苹果;他们看见了漂亮的向日葵,还从向日葵林的这头走到了那头;他们终于走到了白马的身前,这匹白马的另一面,竟然是黑的;他们把那个大大的苹果给白黑的马儿吃,他们终于骑上了白黑的马儿……

马提看见了什么呢?

他看见爷爷渐渐在变小。

他看到身旁的树干上有个透明的东西,像蚱蜢,却一动不动。爷爷告诉他,那是虫子蜕下来的,是一个空壳。那是昆虫留下的纪念,是纪念一个有过的生命。

渐渐变小的爷爷已经小到走不动了,需要马提抱着。等到他们一起欣赏快下山的太阳时,爷爷已经小到只有坐在马提的头上才能看清落日。这时的爷爷大概只有二十厘米高了。爷爷坐在马提的头上,他说觉得像是坐在一片草坪上那样舒服。

爷爷后来像一粒薄荷糖那么大了。

后来小到马提握在手里,什么也看不见,只是偶尔感到手心里痒了一下。

"爷爷?"他唤道。

"我在这里,"爷爷说,"浑身都是辣椒味。"

可是马提闻不出辣椒味。

爷爷让马提再仔细闻一下,深深地吸一口气,就像爷爷平时吸烟一样。

马提就重重地吸,结果就好像有什么东西被吸进了身体里。

马提和爷爷回到了家。

按照小说的写法,结尾也应该回到爷爷的床前。

看着床上已经离去的爷爷,马提知道,一个活着的爷爷现在是在他的心里了。一个有过的生命虽然不像那昆虫把一个壳留在树上做纪念,可是爷爷和他说话他听得见,爷爷还讲故事逗他玩。

马提知道这一点,他笑了起来。

爷爷是在最后的散步和玩耍中渐渐变小和消失的,马提也在这最后的散步和玩耍中长大。

我流出了很多的眼泪。可是这个故事里爷爷的天空总是晴朗,马提的天空总是明亮。

我阅读的心情也就分外亮灿。

可我还是非常懊恼地想起,十多年前,我深爱的外祖母去世,那个冬天的每一天我哀痛又沮丧地坐在她的床边,陪伴她最后的时间,抚摸她亮晶晶的白发,听她越发微弱的呼吸,我没有一个诗意的思维去想象,其实这位令我无比珍爱的老人只是在渐渐地变小,她并不知道自己正在离开,她兴许正在她熟悉的河边和原野上去散步和玩耍了,那儿也有马儿和红屋顶,有玉米和苹果。我们不知道一个死去的人究竟去了哪里,但我们是可以觉得他们是登上钟楼看风景,去看美丽的太阳下山,他们在向日葵林子里走啊走啊,接着就重新怒放了!

我们总是在文学的高空里才豁然开朗。

我们的平庸里也就渐渐增添才华。

这样的阅读是让正在深情呼吸着的人怒放的。爷爷听得见这怒放,外祖母也听得见。

- 课件设计 -

从"生命教育"角度设计
《马提与祖父》的教学

儿童阅读专家 / 王林

一、设计理念

"生命教育"作为一种国际性的教育思潮,以尊重生命、珍爱生命为主旨,培养受教育者对自己生命的认识,以及对他人生命的关爱,其范围非常广泛。但"死亡教育"作为"生命教育"的重要内容,尚未完全展开,也没有被教育界重视,主要是因为成人一直比较避讳这个话题,当有孩子发问时,大人也多半是敷衍过去。实际上,大人应该把死亡看成是一种生命周期的自然现象。而儿童文学是帮助孩子了解死亡的有效方式,也避免了现实生活中直接发问的尴尬。

《马提与祖父》是关于"死亡教育"的绝佳"教材",由意大利作家普密尼所作,关注的话题正是死亡。故事大意是:祖父病得很严重,将要离开人世了。每个人都伤心地哭着,只有七岁的孙子马提没有哭。他正在胡思乱想时,祖父突然向马提提议去散散步。于是,马提与祖父展开了一段奇异的旅程。其间,祖父慢慢地缩小,直到最终被马提吸入体内。当家人们围绕着祖父的身躯哭泣时,马提知道,祖父其实是在自己心里的。最后,马提对祖父的逝去也感到释然了。

从"生命教育"的角度设计《马提与祖父》的教学,要考虑到学生的实际接受能力,既不能让死亡的恐惧慑住孩子,又不能过于沉闷。在教学中,教师也要控制好情绪,"课堂上哭成一片"的场景并不可取,也有悖作者初衷。

二、教学步骤

1. 导读。由教师简介故事内容。

2. 阅读。由学生在课外自由阅读,教师布置学生填写阅读记录表,最好能就本书提出一些问题。如果无法做到每位学生都有书,可以轮流看或者由教师朗读给学生听。

3. 课堂讨论。课堂讨论的问题可以从学生的提问中来,也可以由教师自己设计。注意提出的问题不要过多局限在故事情节本身,要和学生的生活多一些联系。

4. 延伸活动。延伸的活动可以选择做,也可以自己设计其他学生感兴趣的活动。

三、课堂讨论

1. 目前市面上有不少图画书也是关于"死亡教育"的,如《当鸭子遇见死神》《爷爷有没有穿西装》《獾的礼物》《祝你生日快乐》等。可以从其中一本图画书开始,激发学生讨论的兴趣。

2. 选取书中的一些图片,让学生根据图片回忆书中情节,能大致说出故事内容即可。

3. 提出问题和学生一起讨论。如:

(1)当祖父奄奄一息,所有人都在哭泣时,为什么马提没有哭?

(2)你觉得马提和祖父的经历是幻想还是现实?请说出你的理由。

(3)为什么祖父会带马提去体验这段历程?是祖父的心愿吗?还是马提的期盼?

(4)在马提和祖父出游的过程中,哪个情节给你的印象最深?说一说。

(5)祖父变得越来越小,最后进入了马提的身体中,你觉得可信吗?如果不可信,你觉得作家为什么要这样写?

(6)你经历过亲人的死亡吗?你当时的心情如何,又是如何调整的?

(7)如果你的朋友因亲人去世而悲伤,你会如何安慰呢?

四、延伸活动

1. 生命有多长?

每种生物都有不同的生命周期,请你查找资料,针对你最想了解的生物,选择一到两种,介绍它们的生命变化。

2. 写一封给天堂里的祖父的信。

马提的祖父去了天堂,马提虽然不悲伤,但心里一定还是很想念他。你可以以马提的口吻,给天堂里的祖父写封信。

3. 比较中西方葬礼的不同。

马提的祖父去世后,家人会给他举行葬礼。你有没有发现,中西方的葬礼是很不相同的。请查找资料,填写下面的表格。

项目	中国	西方
葬礼的仪式		
送别亲人的服装		
死去亲人的安置地点		
如何处理死去亲人的遗物		
其他		